あやかし鬼嫁婚姻譚2

～時を超えた悠久の恋～

朧月あき Aki Oboroduki

アルファポリス文庫

https://www.alphapolis.co.jp/

目次

第一章　鬼の溺愛

　あやかし界の帝が住まう御殿。その本殿の一角にある茶室で、里穂《りほ》は必死に足の痺れと闘っていた。首の長い女あやかしから茶の湯の指導を受けているのだが、かれこれ三時間は正座しっぱなしである。

「里穂様、聞いておられますか？」

「あ、はい……！」

　女あやかしに鋭い視線を向けられ、里穂は慌てて姿勢を正した。吐き気がするほど体調が悪いが、悟られてはいけないと、涼しげな顔を取り繕《つくろ》う。

「では、もう一度茶筅《ちゃせん》を持ってみてください」

「分かりました」

　朦朧《もうろう》とした頭で、持ち方の細かな注意を思い出しつつ、茶筅を手に取る。どうにか卒なくこなすと、女あやかしは満足げな笑みを浮かべた。

「そうそう、お上手でございます。さすがは后《きさき》になられる方ですわ」

終始厳しかった彼女の表情が和らぐのを見て、里穂はホッと胸を撫《な》で下ろした。

指導が終わり、ようやく茶室から解放される。

ふらつかないように注意しながら、里穂はゆっくりと廊下を進んだ。だが途中、周囲に誰もいなくなったところで、こらえきれずにしゃがみ込む。

息が切れ切れで、少々熱っぽい。

(足の痺れのせいだけじゃないわ。きっと〝惚気《のろけ》の才〟の影響ね)

惚気《のろけ》の才とは、里穂が持つ異能のことである。

異性のあやかしを惹きつけてしまうというそれには、大きな欠点がある。誰かに想われれば想われるほど、里穂の体に負担がかかり、体調に害を及ぼすのだ。

なんとも厄介な異能だが、想い人の窮地を救える力もあり、そのおかげで愛する人――あやかし界の帝である朱道《しゅどう》の命を守れたのは紛れもない事実。里穂は、この先も惚気《のろけ》の才がきたす不調を甘受する覚悟でいた。

しばらくその場で息を整えていた里穂だが、誰かが廊下の角を曲がってくる気配に気づき、勢いよく立ち上がる。そして、何事もなかったかのようにすまし顔をした。

「おや、里穂さん。茶の湯のご指導はもう終わられたのですか？」

銀色の髪を後ろで束ね、片耳に真鍮《しんちゅう》の玉のついた耳飾りをつけているこの男は、雪《ゆき》成《なり》という名の朱道の側近である。少々お喋《しゃべ》りで女たらしではあるが、年がら年中ニコニコしている憎めない鬼だった。

「はい、今しがた」

「左様ですか。いやはや、学校が休みの日は朝から晩まで花嫁修業がみっちり詰まっていて、大変ですね。つらくはないですか？」

「いいえ、つらくはありません。これも、私の役目ですから」

「それは頼もしい。そのうえそろそろ夕刻だというのに、まるで起きたてのようにかわいらしくいらっしゃる。いつ見ても野花のようで、目の保養になりますねえ」

デレデレと頬を緩める雪成は、里穂が不調に必死に耐えていることなど、まったく気づいていない。うまく誤魔化せているようねと、里穂はホッと胸を撫《な》で下ろした。

雪成と別れたあと、里穂は背筋を正すと、再び歩き出す。

次は、自室にて礼儀作法の指導を受ける予定である。休んでいる暇はないのだ。

「あ、里穂様。こんにちは！」

「こんにちは」

「これからどちらへ？」

「自分の部屋です。次のご指導があるので」

廊下ですれ違うあやかしの下男や下女に、笑顔で返事をしながら、里穂はやっとの思いで自室にたどり着いた。

パタンと襖《ふすま》を閉じると、井草《いぐさ》の香りに満ちた、十五畳ほどの和室にひとりきりになる。床《とこ》の間《ま》には色鮮やかな牡丹《ぼたん》の掛け軸が飾られ、開け放たれた障子戸の向こうには、見事な日本庭園が広がっていた。

人の目から解放されたとたん、緊張の糸が一気に切れ、里穂はその場に崩れるようにして倒れ込んだ。

無理をして笑っていたせいか、先ほどよりもさらに息苦しく、熱も上がったようだ。

(こんなことで倒れてしまうなんて、本当に情けないわ)

里穂と朱道が婚約の儀を交わしてから三ヶ月。

あやかし界に来た頃とは違い、今の里穂は朱道の正式な許嫁《いいなずけ》という立場にある。

あやかし界は人間界よりも広く、歴史も古い。そんな世界を束ねる帝の許嫁《いいなずけ》としてふさわしくあるよう、何があろうと毅然《きぜん》と振る舞わねばならないのに。

かつて花菱《はなびし》家でいびられ、泣き寝入りしていたあの頃の自分のままではいられないのだ。

（そろそろ先生がいらっしゃるから、早く起き上がらないと）

そうは思うものの、体が鉛《なまり》になったかのごとく重く、言うことをきいてくれない。

そして里穂は、そのまま疲労の渦《うず》に呑み込まれるように、深い眠りに落ちてしまったのである。

額から伝わるひやりとした感触で目を覚ます。

（気持ちいい……）

うっすらと瞼《まぶた》を上げると、自分を一心に見つめる、燃えるような赤い瞳が目に飛び込んできた。

「目が覚めたか」

「朱道様……」

畳の上に倒れたはずなのに、いつの間にか肌触りのいい布団の上に寝かされている。額には水をしぼった手拭いがのせられており、枕元に漂う紫煙からは、嗅いだことのある香りがした。里穂が体調を崩したときにいつも焚《た》いてくれる、熱冷ましの効果のある香薬《こうやく》だろう。

夢うつつのまま目の前にある朱道の整った顔を眺めていた里穂だが、屋外から響く間延びした三足鶏《さんぞくけい》の鳴き声で、ハッと我に返る。

「もしかして、もう夜ですか……?」

ホーホーというどこか物悲しげな三足鶏の鳴き方は、夜更けの合図だ。

あやかし界は一日中夜明けの空のような白群青色《びゃくぐんじょういろ》をしていて、見ただけでは昼夜の区別がつかない。あやかしのように肌感覚で時間の区別がつけられない里穂は、朝・昼・晩の三足鶏の鳴き方の違いで判断していた。

「礼儀作法の先生は、まだいらっしゃるでしょうか?」

サアッと顔を青くし、里穂は慌てて体を起こした。立ち上がろうとしたところ、朱道が肩に触れ、彼女を優しく制する。

「案ずるな。今日は休むと伝えてある」

「そんな」

里穂は言葉を詰まらせた。花嫁修業が始まってからというもの、指導を休んだことは一度もない。許嫁《いいなずけ》の自分が無様な姿を見せては、朱道の名を汚してしまう。

「申し訳ございません……！」

里穂は、朱道に向かって大きく頭を下げた。

彼の迷惑にだけはなりたくないと常日頃から思っているのに、どうして自分はこうも愚かなのだろう。

すると朱道が、指先で里穂の頤《おとがい》に触れ、顔を上げさせる。

「体がつらいのだろう？　惚気《のろけ》の才の影響だな」

里穂を見つめる朱の瞳が不安げに揺らいでいた。

惚気《のろけ》の才による悪影響を緩和させようと、朱道はあらゆる医者を御殿に呼んで、里穂の診察をさせた。忙しい執務の合間を縫って熱心に書物を調べ、高額な薬や香を試したりもしてくれている。

だがどれもたいした効果はなく、心苦しく思った里穂は、このところ惚気《のろけ》の才の悪影響に打ち勝ったふりをしていたのだ。

なのに、今日うっかり倒れてしまったため、朱道の知るところとなったらしい。

「申し訳ございません。いろいろとしてくださったのに……」

「気を遣う必要はない。俺にしてみれば、無理をするお前を見ている方がよほどつらい」

朱道は苦しげに言うと、片方の掌《てのひら》を、里穂の頬にあてがった。

大きくて温かな感触に、胸が熱くなる。

ひょっとすると朱道は、里穂が無理をしているのに、前から気づいていたのかもしれない。

だからこそ、部屋で倒れている里穂を見つけることができたのだろう。

ずっと気にしていて、それとなく様子を見ていたから……。

「ごめんなさい……」

結果として余計に迷惑をかけてしまったことを、心苦しく思う。

「帝の嫁などという重責を担《にな》わせてしまい、俺の方こそすまない」

「そんなこと、おっしゃらないでください」

里穂はゆるゆるとかぶりを振った。

朱道に罪悪感を抱かせるなど、心苦しくてどうにかなりそうだ。

するとと朱道が眦《まなじり》を下げ、穏やかな口調で言う。

「覚えておいてほしい。俺にとっては、帝の地位よりも、お前の方が大事だということを」

朱道のその言葉は、あやかし界を率いる者としては問題があるのかもしれないが、里穂の心を震わせるには充分だった。おこがましくも、嬉しいと思わずにはいられない。

「すみま……」

また謝りかけて、里穂は慌てて口を閉ざした。それから戸惑いつつも、蚊の鳴くような声で「はい」と答える。

たとえ分不相応の扱いだとしても、まっすぐすぎるほどの彼の気持ちを無下にはしたくなかったからだ。

そんな里穂を見て、朱道がまた優しい目をする。

「おいで」

頬に添えられていた手が、今度は里穂の肩をそっと引き寄せた。

求められるがまま、里穂は彼の胸に身をゆだね、逞《たくま》しい腕に抱き込まれる。

彼の胸は、いつだって熱くて広い。こうやって朱道に抱きしめられるたびに、里穂は自分の小ささを思い知り、同時に暖かな大気に溶けていくような安らぎを覚えるのだった。

(ずっと、こうしていたい)

およそ五ヶ月前。絶望に苛《さいな》まれ、生贄《いけにえ》になる覚悟であやかし界に来たときは、こんな充足した日々が待っているとは思いもしなかった。

あやかし界と人間界。この国は、異なる二種類の世界から成っている。

その昔、ふたつの世界に隔《へだ》たりはなく、互いが互いを認め、うまく共存していた。

だが異種族の間では、遅かれ早かれ、争いが起こるものだ。

あやかしと人間はやがていがみ合うようになり、その後、長い年月にわたって、互いに傷つけ合った。大それた争いはないにしても、わだかまりを抱くには充分な出来事と期間だった。

結果、三百年ほど前に、ふたつの種族は、互いの世界での悪行を一切禁じるという約束を交わす。以降、それほど深く関わることなく今日《こんにち》までやり過ごしてきた。

里穂はいわゆる友好の証として、人間界からあやかしの帝である朱道に贈られた花嫁だ。

はじめ、里穂は自分のことを、鬼である彼に捧げられた生贄《いけにえ》だと思っていた。そのため、まさかこれほどまで大事にされ、また自分も彼を特別に思うようになるとは、考えもしなかった。

親の顔を知らず、素性も分からぬ自分など、虐げられて当たり前と思っていたのである。自分は塵《ちり》同然の存在と思い込み、理不尽な目にあっても傷つくことすらなかった。

今にして思えば、それは悲しい自己防衛だったのだろう。

里穂は心の奥底で、自分が認められ、愛されることを望んでいた。そして運命の悪戯《いたずら》で出会った美しい鬼が、里穂の心を満たしてくれたのである。

「里穂」

耳元で囁かれ、顔を上げると、間近で朱道と目が合った。

焦《こ》がれるような瞳に射貫《いぬ》かれ、あっという間に、胸の奥に潜んでいた灼熱が湧き上がる。

彼の視線の意味を理解して、里穂はそっと瞼《まぶた》を下ろした。

唇に微かな吐息がかかり、すぐに柔らかな感触が落ちてくる。

重ねるだけの、ふわりとした口づけ。

それはしばらくそこにとどまったのち、じわじわと時間をかけて遠ざかっていった。――まるで、離れがたいとでもいうように。

唇にじんと残った温もりが、優しくて、愛しくて、なぜだか泣きそうになる。

瞳を潤ませ、離れた唇を追い求めるように目線で追うと、とたんに彼は顔を赤くした。

口づけという行為に、里穂はいつまでたっても慣れないが、それは朱道も同じらしい。

それでも毎日のように求め、我に返ったとたんに恥じらう彼がいじらしい。

朱に染まる自分の顔を里穂の視界から隠すかのごとく、朱道は里穂の頭を己の胸に押し当て、ぎゅっと抱きしめた。

「相変わらずお前は細いな。ちゃんと食べているのか？」

恥じらいを誤魔化すように話題を変える朱道。

そんな彼の態度に胸がキュンとなり、里穂は口元をほころばせた。

「はい。朱道様もご存じのように、しっかり食べています」

里穂が御殿に住んでしばらくしてから始まった、朱道とともに朝餉《あさげ》と夕餉《ゆうげ》を取る習慣は、今も変わらず続いている。

「たしかにそうだな。毎食きちんと完食している。きっと、太らない体質なのだろう」

言いながら朱道は、里穂の肩までの髪を梳《す》くようにして撫《な》でてきた。彼の匂いに全身を包まれ、安心感でまどろみさえ覚える。

里穂は、朱道の匂いが好きだ。

男らしさの中に入り混じる仄《ほの》かな麝香《じゃこう》のような香りは、いつまでも嗅いでいたいほど心地いい。

「だが、心配になる。お前が儚《はかな》すぎて、そのうち消えてしまうんじゃないかと」

「そんな……。消えたりしません」

朱道を安心させるように、里穂は彼の胸により深く顔をうずめた。

赤い髪に赤い瞳、そして屈強な体を持つ朱道は、ありとあらゆる異能を使いこなす恐ろしい鬼だ。

長らく悪政を敷いていた不死身の酒呑童子《しゅてんどうじ》に打ち勝った唯一のあやかしであり、あやかし界の頂点に君臨する、誰からも恐れられる存在。

それなのに里穂の前では、ときどきただの心配性の男になる。

朱道のためにも、里穂は強くあらねばと思うのだ。だが惚気《のろけ》の才の影響に打ち勝てない体は思うように動かず、いつも歯がゆい思いをしている。

「そうだな。消えさせなどしない。何があろうと、俺がお前を守ってやる」

静かな決意のこもったつぶやきが、頭上から聞こえた。

ふたりはしばらくそのまま、じっと身を寄せ合っていた。

聞こえるのは、三足鶏の物悲しげな鳴き声だけ。静かな夜の空間で、互いの温もりを感じているこの瞬間が、あまりにも幸せで――里穂はふと怖くなった。

この幸せがいつか終わるのではないかという予感が、何の前触れもなく、脳裏をよぎったからだ。

幸せを知らなかった頃はひたすら無欲だったのに、随分と欲深くなったものだとつくづく思う。

「お膳をお持ちしました」

襖《ふすま》の向こうから下女の声がしたところで、朱道はようやく腕の中から里穂を解放する。

「夕餉《ゆうげ》を部屋に運ばせた。食べたら、今宵《こよい》はこのままもう休め」

「分かりました。お気遣いをありがとうございます」

「それから、明日は学校も休むといい」

え、と里穂は小さく声を上げた。

「それは心配ございません。一晩寝れば、たぶん元どおりになりますので」

惚気《のろけ》の才の影響は、頻繁に表れるものの、あまり長期化しない。

すると朱道が、眉根を寄せて、考え込むような素振りを見せる。

「それなら、明日は一日、雪成に見守りをさせよう」

「雪成さんに……？」

そもそも惚気《のろけ》の才の影響は、あやかし界にいるときに顕著《けんちょ》で、学校で不調をきたしたことはない。医者によると、あやかしの異性から向けられた想いが蓄積して負担となるそうで、あやかしの多い場所にいればいるほど影響を受けるらしい。

それについては、朱道も心得ているはずなのに、今回に限って、どうして雪成を連れていけなどと言うのだろう？

里穂が困惑していると、朱道が声音を低くした。

「このところ、あやかし界で子供の失踪事件が相次いでいる。お前は子供ではないが、もしやということもある」

「子供の失踪事件？　そんなことが――」

そのような不穏な事件が巷《ちまた》で起こっているとは知らなかった里穂は、言葉を失った。

朱道がいつも以上に過保護なのには、そういうわけがあったらしい。

とはいえ、それもまたあやかし界での出来事であって、人間界にいる限り関係ないようにも思う。

だが以前麗奈《れな》の演技に騙《だま》され、あっさりとさらわれてしまった経験のある里穂は、反論できるような立場ではなかった。

それに里穂が雪成とともにいることで、朱道が安心できるのなら、拒否する理由はない。

「分かりました。その……、失踪した子供達はどうなったのでしょう？」

胸が引き攣《つ》れるような痛みを覚える。

豚吉《とんきち》に猫又《ねこまた》の子に三つ目の子。毎日のように接している、御殿で働く下女達の子供の無邪気な笑顔が、自然と頭に浮かんだ。

彼らと似たような子供が被害にあっているなど、想像しただけで辛い。

親も、心配のあまり眠れぬ夜を過ごしているだろう。

「今、捜索中だ」

再び声を低くした朱道の様子から、捜索は難航しているものと思われた。

「――そうですか」

心配だが、自分のような者がしゃしゃり出る場面ではない。朱道のためにも、今は守られることが自分の役目と言い聞かせ、里穂は深くは聞かなかった。

(早く見つかりますように)

いなくなってしまったあやかしの子供達が無事保護されることを、胸の内で強く願いながら。

翌朝になると、思ったとおり、熱は下がっていた。

だが朱道は、昨日の発言を撤回するつもりはないらしい。

そのため学校に向かう車の中には、見守り役として雪成も同乗していた。

あやかしと関係の深い百々塚《とどつか》家が、学校への送り迎えのために出してくれている運転手つきの高級外車は、分不相応に思えて、里穂はいまだ乗り慣れない。ちなみに内装は、向かい合う二列シートの贅沢な造りである。

百々塚家は、人間界では言わずと知れた大財閥だ。金融業や不動産業をはじめ、数多《あまた》の大企業を抱えており、その名を知らぬ者はまずいない。

実は百々塚家の成功の陰にはあやかしの力があり、その恩義から、あやかしの帝に永遠の忠誠を誓っているらしい。

「いや〜。一日中里穂さんと過ごせるなんて、ドキドキしますね。着替えのときとかどうしましょう?」

デレデレと頬を緩めている雪成に、里穂の隣に座る朱道がぎろりと鋭い視線を向けた。射殺さんばかりの迫力に、雪成が「ひっ」としゃくり上げるような声を出す。

「冗談ですよ、冗談! 見えないところで待機してるに決まってるじゃないですか!」

「待機だけではぬるい。瞼《まぶた》を縫いつけろ」

「ひぃ～。絶対に見ませんからお許しを～」

やがて、車は里穂の通う高校の正門にたどり着いた。煉瓦《れんが》造りの瀟洒《しょうしゃ》な校舎が目を引く、良家の子女御用達の名門校である。

花菱家から追い出された際に退学になったものの、朱道の采配で再入学した里穂は、先月から三年生に進級していた。

桜の時期が終わって約一ヶ月。校庭の木々の青々とした葉が、澄み切った空にまばゆいほど映えている。

朝早く登校したせいか、周囲にはまだほとんど生徒がいない。

朱道に別れを告げ、門前に降り立った里穂は、ニコニコ顔で隣に立つ雪成を見て、ふと疑問を抱いた。

「そういえば、雪成さんって、一日中そばにいるんですか？」

授業中、生徒でもない彼がいてもいいものなんだろうか？

本人には言いづらいが、時代錯誤の和装の男が教室にいたら、怪しむに決まっている。下手したら、不審者扱いされて警察を呼ばれる恐れもあるだろう。

「大丈夫です。目くらましをしますから」

「目くらまし？」

言うやいなや、雪成の姿が、里穂の隣から掻《か》き消えた。

「あれ？　雪成さん？」

きょろきょろとあたりを見回すが、見当たらない。

《ここですよ～。里穂さんのすぐ隣にいます》

すると、耳元で彼の声だけが聞こえた。

「ええっ。もしかして、姿を消したんですか？　そんなことができたんですね」

異能を使ったところを見たことがないのですっかり忘れていたが、そういえば彼もあやかしなのだ。それも、朱道の側近を務めるくらいなのだから、そこそこ力もあるはず。人間ではなし得ないことをしたとしても、まったくおかしくはない。

《消えたわけではありません。人間の目に映らないよう、妖力で欺《あざむ》いているだけで、いわゆる騙《だま》し絵と似たようなものです。こうでもしないと、僕の姿を見た女の子達が色めきたって、大騒ぎになってしまいますからね》

声だけの雪成が、嬉々として言う。

「はあ……」

何はともあれ、彼の姿が見えないにこしたことはない。

《それにしても、これが学校というやつですか。あやかし界の寺子屋とは規模が違うな。人間はよほど勉強好きなんですね〜》

雪成が、感心したように言いながら里穂の後ろからついてくる。

その後も、雪成は興奮気味にペラペラと喋《しゃべ》り続けていた。自分も制服を着てみたいだの、女子は何人いるのかだの、どうでもいいことばかりである。

姿は見えないのに声だけが響いている状態で、不審がられないかと、里穂は終始ヒヤヒヤしていた。

ところが、教室に入ったあたりで、雪成の声がピタリとやむ。

「あれ？　雪成さん？」

心配になった里穂が、あたりにきょろきょろ目を配っていたそのとき。

「モフーッ！」

胸ポケットから、ひょこっとモジャが顔を出した。

毛羽毛現《けうけげん》という妖怪の子供であるモジャは、灰色で、モフモフとしたまりものような見た目をしている。ちょうど掌《てのひら》にのるくらいの大きさで、学校に行くとき、必ず里穂の制服の胸ポケットに入り込んでついてきた。愛玩妖怪だが賢く、過去には里穂のピンチを朱道に知らせてくれたこともある。

「モフ！　モフ！」

モジャは里穂のポケットからぴょんと飛び出すと、人気のない廊下をどこかに向かって跳ねていった。

「え、モジャ？」

里穂は、慌ててモジャを追いかける。毛むくじゃらのモジャは、大きな埃に見えないこともない。誤ってゴミ箱に入れられでもしたら大変だ。

廊下にある屋外に面した窓の前で、モジャがもふんとひときわ大きくジャンプをした。すると、まるで何かにぶち当たったかのように、モフモフの体がばいんと跳ねる。

「モフ〜ッ！」

《いてて！　いたいって！　体当たりはやめて！》

里穂には見えないが、声がしたので、雪成はそこにいるようだ。

妖怪のモジャには、目くらましをしている彼の姿が見えるらしい。

「モフゥ～ッ！」

《分かりました、悪かったですよ！　ちゃんと里穂さんの見守りをしますから！　窓の向こうに女の子がいたから、ちょっと寄り道しただけじゃないですか～》

「モッフフッ！」

どうやら、いきなり任務を放棄しかけた雪成を咎めているようだ。

宙に浮いた状態でぴょんぴょん飛び跳ね、鼻息荒く怒っている。位置的に見て、おそらく雪成の肩に乗っているのだろう。

窓の向こうでは、なるほど、陸上部の女子達が朝練をしている最中だった。

《あ～、もうちょっと見たかったな～》

「モフ～ッ！」

雪成は肩の上のモジャにせっつかれながら、しぶしぶといった雰囲気で、教室に戻る里穂についてきているらしい。

（ていうか、雪成さんより、モジャの方が頼りになるんじゃ……）

いまだやりあっているひとりと一匹の声を聞きながら、里穂はひっそりとそんなことを思ったのだった。

一時間目、二時間目と過ぎていく。

授業が始まると、雪成はさすがに口を閉ざしていたが、教室内にいる気配は感じる。どうやら、教室の後ろでうたた寝をしているようだ。

授業中、こっそり転がっていったモジャがそのあたりで飛び跳ねたとき、《いて！分かった分かった、ちゃんと起きてますって！》という悲鳴に似た小さな声が聞こえたからだ。

里穂は雪成の様子が気になって、まったくといっていいほど授業に集中できなかった。

朱道は里穂が安心して授業を受けられるようにと雪成をつけてくれたのだろうが、これでは逆効果である。

授業の中休み。

「さっきから後ろばっかり見てるけど、どうかした？」

里穂に、親友の亜香里《あかり》が話しかけてきた。

「ううん……！　大したことじゃないから」

「何か心配なことがあるんじゃない？　里穂はすぐ我慢するくせがあるから、困ったときはちゃんと言ってね」

「うん。ありがとう、亜香里」

亜香里は、出会った頃からずっと里穂に親切だ。

学校中が敵だった頃も、亜香里だけが里穂の味方でいてくれた。

亜香里のそんな強さと優しさに、里穂は変わらず憧れている。

「ねえねえ、何の話してるの？」

すると、クラスの女子が数人、ふたりに近づいてきた。

「里穂の様子が変だから、心配してたの」

「そういえば里穂、ずっときょろきょろしてない？」

とたんに、わらわらと里穂を取り囲む女子達。

里穂の挙動《きょどう》不審《ふしん》な様子は、クラス中に知られていたらしい。

「大したことじゃないの。なんとなく、後ろが気になっただけで……」

「里穂もそうなの？　私も今日、妙な気配を感じるんだよね。ほら、ちょうど掃除用具入れの前あたり」

「分かる！　私もあのあたりからやたらと視線を感じるの。幽霊でもいるのかな？」

「でもオーラが間抜けというか、まったく怖くないのよね。いたとしても、狸《たぬき》妖怪レベルだと思うわ」

盛り上がる女子達の会話を、里穂は苦笑いで聞いていた。

目くらましとやらをしているとはいえ、雪成の存在は隠し切れていないようだ。

ときどき声が聞こえたり、気配を感じたりするので、なんとも中途半端な術である。

《ずいぶん楽しそうですね》

耳元で雪成の声がして、里穂はビクッと肩を揺らした。後ろで寝転んでいるとばかり思っていたが、いつの間にかすぐ近くにいたらしい。

「雪成さん、びっくりさせないでください……！」

周りにいる女子達に聞かれないよう、口元に手をあてがい、小声で雪成を非難する里穂。

《これは失礼。ところで、彼女達は里穂さんのお友達ですか？》

「はい、まあ……」

《そうですか。里穂さんにお友達が増えて、僕は嬉しいです。このことを報告したら、

主上もきっとお喜びになられるでしょう。ああ、楽しみだな》

言葉どおり、雪成の声は明るい。

姿こそ見えないが、彼がいつものにこやかな笑みを浮かべているのが手に取るように分かる。

朱道が里穂をいびっていた麗奈に制裁を加え、麗奈が退学して以降、里穂の学校生活は激変した。亜香里以外のクラスメイトも、こうやって積極的に声をかけてくるようになったのだ。

最初は周りの突然の変化に戸惑ったものの、いつしか慣れていった。かつては麗奈の肩を持っていた彼女達への警戒心はまだ解けていないが、それなりに楽しくやっている。

《とはいえ、下等な狸妖怪と間違えられるのは、甚《はなは》だ心外ですが》

どうやら、先ほどの軽口を聞いていたらしい。そして、密かに気にしていたようだ。

（あ、そういえば）

そこでふと黒板の上の時計を見た里穂は、椅子から立ち上がった。係の仕事で、職員室までプリントを取りに来るよう、教師に言われていたのだ。

「里穂、どうしたの？」

「ちょっと職員室に行ってくるね。次の授業が始まる前に、プリントを配らなきゃいけなくて」

「いってらっしゃーい」

女子達の輪を抜けて教室を出る寸前、誰も見ていないのを確認して、雪成に声をかける。

「雪成さん、すぐに戻ってくるから大丈夫ですよ。ゆっくりしててください」

《そうですか？　では僕は教室に残って、かわいい女の子達を愛でていますね〜》

雪成の気配が離れていくのを感じながら、里穂は廊下に出た。休憩時間真っ只中の廊下では、そこかしこで生徒達が談笑している。

階段の手前で、見知った人影を見つけた。

くせのある薄茶色の髪と、榛色《はしばみいろ》の大きな瞳——煌《こう》だ。友人らしき生徒達と、何やら楽しそうに会話している。

双子の姉である麗奈がいなくなってから、彼は以前ほど目立たなくなった。そこにいるだけで滲《にじ》み出ていた輝かしさも、以前よりは薄らいだように思う。だが仔犬のように甘い笑顔は健在で、今も廊下を行く女子生徒達の視線をちらほらと集めていた。

煌にはさんざん陰湿ないじめを受けてきたため、顔を見ると、今でも心臓が不穏な音を立てる。前ほどの恐怖心はないが、体が勝手に反応してしまうのだ。

煌の方はというと、里穂に気づくなり、分かりやすく表情を凍りつかせた。

それから突然くるりと背中を向けると、足早にその場から去っていく。

彼のその突飛な行動には、一緒にいた友人達も戸惑っていた。

「煌、どこ行くんだよ？」

「おい、急にどうしたんだ？」

だが煌は彼らの声に答えることなく、廊下の向こうに消えてしまう。

「なんだ、あいつ」

「なあ、あいつ最近ちょっと変だよな」

（きっと、私の顔を見たくないのね）

麗奈が学校をやめてからというもの、煌は、里穂と学校で会うたびに逃げ出すようになった。

煌にしてみれば、里穂は、父・稔《みのる》をあやかし界の監獄に送り、姉を退学させた、この世の何よりも憎き相手。顔を見るのさえ嫌なのだろう。

だからといって、煌にされたことはいまだに許せないし、許す予定もない。

だが彼の身の上を思うと同情してしまって、里穂は複雑な気持ちになるのだった。


その日の夜。

入浴を済ませた里穂は、薄桃色の夜着に着替え、朱道の寝室に向かっていた。

この世界の習わしで、婚約の儀を交わしてからというもの、朱道とは就寝をともにしている。

とはいえ、昨夜のように、里穂が体調を崩しているときは別である。朱道は起床時間が早いため、里穂が可能な限りゆっくり寝られるよう、配慮してのことだった。

襖《ふすま》を開け、広い畳を進んだ先にある簾《すだれ》をくぐる。行燈《あんどん》の灯された薄暗い空間に、真っ白な布団が二組、寄り添うようにして並べられていた。

朱道はすでにそこにいて、布団の上で胡坐《あぐら》を掻《か》き、難しげな表情で帳簿に筆を走らせている。

朱道と同じ部屋で寝るなどあまりにもおこがましくて、はじめは緊張でガチガチだった里穂だが、今では大分落ち着いて過ごせるようになった。

　里穂に気づいた朱道が、帳簿を枕元に置く。

「朱道様。もういらっしゃったのですね」

　帝の朱道は、多忙な日々を過ごしている。寝室にも後から来るのが常で、先にいることは滅多にない。

「お前に会いたくて、今日は早めに切り上げたんだ」

　朱道はそう答えると「おいで」と自らの膝《ひざ》を叩いた。

　見惚れるほど整った顔立ちの彼に、待ちかねたような眼差《まなざ》しを向けられると、赤面せずにはいられない。普段はむすりとしているのに、里穂の前でだけは時折こういった甘い態度を見せるのだから、タチが悪い。しかも本人は無自覚なようなので、なおさらである。

　こんなことを日常的に繰り返されていたら、心臓が何個あっても足りないのではないかと、ときどき心配になってしまう。

「その……。そこに座れということでしょうか」

「そうだ」

じれたように言われ、里穂はおずおずと朱道に近づいた。彼の胸を背にして、椅子に腰かけるように、胡坐《あぐら》を掻《か》いた膝《ひざ》の間に座る。小柄な里穂の体は、まるであつらえたかのように、しっくりと収まった。

朱道は、そんな里穂を背中からふわりと抱いて、耳のあたりに鼻梁《びりょう》を寄せてくる。

「俺の嫁は、この世で一番いい匂いがする」

「……ただの石鹸の香りでございます」

「お前の肌に触れた石鹸は、きっと特別なものに変化するのだろう」

熱い吐息を耳に感じると、なんだかいけないことをされているようで、里穂はみるみる全身が火照っていくのを感じた。

「今日は体はしんどくはなかったか?」

「はい、一日中元気でした」

「学校では何事もなかったか?」

「はい。おかげさまで、とても楽しく過ごさせていただいています」

「そうか、それはよかった」

耳の後ろで、男らしく引き締まった唇が弧を描く気配がする。

名実ともにあやかし界最強の鬼である朱道にとって、非力な里穂など、取るに足らない存在だ。それなのに彼は、ちっぽけな里穂の言動に、いつも一喜一憂してくれる。そんな朱道の優しさに触れるたびに、里穂の胸には、震えるほどの愛しさが込み上げるのだった。

里穂は恥じらうのをやめて、お腹に回された彼の手に自分の手を重ねた。彼のまっすぐな愛情を、何のわだかまりもなく受け止められる器でありたいと思う。

すると朱道が、まるで甘えるように、里穂の首筋に顔をうずめた。

「里穂、会いたかった。半日会えなかっただけで、こんなにもお前に飢えている」

鼓膜に染み入る、切羽詰まったような鬼の声。

今宵《こよい》の朱道は、いったいどうしたというのだろう？

言動が、いつもに輪をかけて甘く、まるで砂糖水を浴びせられているような気分になる。

学校のある平日に半日会えないことなど、日常茶飯事なのに。

「──朱道様。何かあったのですか？」

なんとなく異変を感じ、そう尋ねたが、朱道は「いや」と微かに首を横に振る。

「お前なしでは、もう生きていけないと改めて思っただけだ」

そう言うと、朱道はよりいっそう里穂を強く掻《か》き抱いた。

彼の温もりで、心も体も、すべてが溶かされてしまいそうだ。

里穂はそのまま、熱に浮かされたような状態で、朱道に抱きしめられていた。

しばらく経った頃、ようやく満足したのか、抱擁がわずかに緩む。

「そういえば先ほど、湯殿の前で子供達に囲まれていたな。何を話していた？」

「……ご覧になっていたのですか？」

「たまたま通りかかったんだ。あちこち抱き着かれていたようだが」

甘い空気から一転して、ムスッとした口調になる朱道。

朱道は里穂に絶え間なく愛を注いでくれる一方で、嫉妬《しっと》深い一面もある。矛先が異性に向けられるならまだしも、年端もいかない子供達に向けられることもあり、これには里穂も困惑している。

大人なようでいて、ひどく子供っぽいところがあるのだ。

「その……」

「なんだ、言いにくいことか？」

言い淀んだため、変な誤解を招いてしまったようだ。

彼の声色が低くなったのに気づいて、里穂は慌てて答えた。

「明日、御殿街道でお祭りがあるらしいのです。それで、子供達に連れていってくれと言われたんですけど……断りました」

あやかしの子供の失踪事件が相次いでいる今、子供を連れて出かけるなど、不用心すぎる。

朱道にしても、里穂の身を案じて、学校に雪成を同行させるくらいだ。祭りの最中、子供と一緒にブラブラと歩き回るなど、言語道断だろう。

子供達のためにも自分のためにも、行きたい気持ちはあるが……。

「行きたいんだな？」

「いいえ、まったく……！」

いきなり図星を指され、動揺した里穂は、大きくかぶりを振った。

「嘘が下手だな。声が上ずっているぞ」

朱道が、里穂のつむじのあたりでフッと笑う。

「〝十六夜《いざよい》祭り〟は、年に一度、闇が訪れ月が輝く日を称える祭りだ」

「え？　この世界に、月が出るのですか？」

あやかし界は一日中、夜明けのような白群青色《びゃくぐんじょういろ》の空をしている。そのうえ、太陽も星も、そして月も現れない。

「そうだ。初代のあやかしの帝が、妻の彩妃《さいひ》に出会った日だと伝わっている。あやかし達は皆着飾り、音楽を奏で、一晩中月の出を祝うんだ」

「それは、さぞかし綺麗でしょうね」

普段から賑やかな御殿街道がさらに華やかになる様《さま》を想像して、里穂はうっとりとした。

だが、がまんがまん、と自分に言い聞かせる。こんなにも幸せな毎日を送っているのに、これ以上の贅沢を望んだら、きっと罰《ばち》が当たってしまう。

「ああ。あれほど美しいものを見ないのはもったいない。お前も、子供達を連れていくといい」

「――いいのですか？」

思わぬ答えが返ってきて、里穂はパアッと顔を輝かせた。だがすぐに、悲しい事件のことを思い出して、表情を引き締める。

「でも、その。物騒な事件が続いているようですし……」

「俺も一緒に行くから心配ない」

里穂は目を丸くして、朱道を振り返った。

優しげに自分を見つめる彼の顔が、視界に映る。

帝は有事に備え、なるべく御殿を離れないと聞いたことがある。里穂の送り迎えなど、少々の外出なら構わないようだが、一緒にお祭りに行けるなど考えてもいなかった。

「御殿を離れても、大丈夫なのですか？」

「すぐそこを出歩くだけだ、問題ない。御殿街道なら、お前とも行ったことがあるだろう？」

「朱道様、ありがとうございます……！」

里穂は花開くように微笑むと、今度は真向かいから彼の体に抱き着いた。

年に一度の盛大な祭りに朱道と一緒に行けるなんて、これ以上の幸福はない。

嬉しさのあまりじっとできず、朱道の胸に猫のようにすりすりと頭を預ける。こんなにも心弾《はず》む出来事は、生まれて初めてだった。

朱道の温もりを思う存分堪能したところで顔を上げると、彼の顔が赤くなっている。

「俺からは、絶対に離れるな……」

視線を逸らされ、たどたどしい口調で告げられた。

里穂を膝《ひざ》の上に乗せて甘い言葉を囁いていたときは平然としていたのに、突然、恋を覚えたばかりの男子中学生になったかのようである。

「はい！」

里穂は明るく返事をすると、もう一度朱道に抱き着いた。

自分にこれほど大胆なことができるとは、思いもしなかった。気持ちの昂《たかぶ》りというものは、行動力にも影響するらしい。

一方の朱道は、急に緊張したのか、まるで岩のように硬直している。

基本、ウブな人なのだ。手練れのナンパ師みたいに大胆なこともあるのに、我に返ったように奥手になる不器用さを見せられ、里穂の胸はまたぎゅうっと締め付けられた。

里穂は昔から、夜が怖かった。

闇が苦手なのだ。

花菱家にいた頃、仕置きと称して何度も倉庫に閉じ込められたのが原因なのだと思う。いや、それとも、真夜中に家の外に放り出された経験のせいか。

傷心の里穂を迎える闇は、いつだってドロドロとして不気味で、不安をよりいっそう煽った。

何も見えないというだけで、人はこんなにも心細くなるものなのかと驚くほどだった。いびりに耐えるために心を無にしても、決して打ち消すことはできなかった。

だが迎えた翌日、初めて闇に沈むあやかし界を目にしたとき、その印象が大きく塗り替えられる。

生まれて初めて、闇を怖くないと思ったのだ。

それほど、十六夜《いざよい》祭りの景色は美しく、里穂の小さな胸に深く刻まれるものがあった。

黄金色に輝く御殿の麓《ふもと》に伸びる御殿街道が、さんざめく光の中に浮かんでいる。

常日頃、不落不落《ぶらぶら》と呼ばれる提灯《ちょうちん》お化けが鈴なりに浮かび、煌々《こうこう》と明かりを灯しているせいで、もとより光の多いところではあった。

だが今日は、不落不落だけでなく不知火《しらぬい》と呼ばれる妖怪もたくさん浮遊しており、赤々とした光に白い光が入り混じる、なんとも幻想的な光景を作り上げている。

通りに並ぶ屋台の数も、常とは桁が違った。

いつもより暗いせいで光が目立ち、まるで蛍《ほたる》の群れに埋もれているようである。

墨に染められたかのごとく真っ黒な空には、蜜柑《みかん》色の大きな丸い月が浮かんでいた。

星も雲もないのが、かえって神秘的で風情を感じる。

ひっきりなしに流れる、あやかし達の楽しげな声と、管弦楽の神々しい音色。

「なんて綺麗なの……」

これほど美しい景色を、里穂はこれまで見たことがなかった。

唯一無二の絶景を前に、思わず立ち止まって感嘆の声を漏らした里穂の背に、朱道がそっと掌《てのひら》を添える。愛しげに細められた赤い目には、里穂の姿だけが映し出されていた。

「お前の方がよほど美しい」

里穂は今日、上質な卯《う》の花色の着物を身にまとっていた。膝のあたりから裾にいくに従い、桃色から紫色へとグラデーションを描く芸術的な絵柄だ。帯は、今宵《こよい》の空の色によく似た黒地に、満開の桜文様が緻密に刺繍されている。

髪は、御殿で下女として働く豚吉の母親が結ってくれた。肩までの黒髪を左耳のあたりで団子にまとめ、桜を束ねた花簪《はなかんざし》を差し、右耳にはおくれ毛を落としている。

いつもより派手な柄の着物を選んだので不安だったが、朱道がそう言ってくれるなら嬉しい。

「だいぶ伸びたな」

朱道が、里穂の右耳のおくれ毛にそっと触れた。

「――はい。ようやく肩までになりました」

朱道が気に入っていると言ってくれた長い黒髪は、以前花菱家にさらわれたとき、短く切られてしまった。あのときの絶望的な気持ちを、今でもまざまざと思い出す。

「大丈夫だ。どんな悪意も、お前の美しさを汚すことはできない」

里穂のおくれ毛を優しく撫《な》でる朱道。

彼の男らしく節くれだった指が、自分の黒髪を弄《もてあそ》ぶ様子は、見ているだけで胸が高鳴る。

「朱道様……」

朱道はおそらく、里穂が短くなってしまった髪を気にしていることを、分かっているのだろう。

豪放なようでいて、本当は、誰よりも他人の心の痛みが分かる鬼なのだ。

虐げられ続け、褒め言葉とは無縁の環境で育った里穂は、これほど褒められた経験がなく、どうしたらいいか分からなくなる。

穴があったら入りたいほど恥ずかしいのに、ほわんとした不思議な心地のよさに、身を任せていたくもあった。

そこに、後ろをブラブラと行く雪成の横槍が入る。

「主上は里穂さんの晴れ着姿を見たくて祭りに来たんでしょ。下心が見え見えですよ」

「うるさいぞ。お前は黙って子供達を見守ってろ」

「いたっ、叩いた！　ちょっとそれ、パワハラなんですけど！」

すると、里穂の横を歩いていた子供達が、次々と口を挟んでくる。

「今のは雪成さまが悪いにゃ。空気読まないからいけないんだにゃ」

「そうだブー。ラブラブの邪魔をしてはいけないんだブーッ！」

「すぐパワハラってさわぐ部下って、やっかいだな！」

「モフーッ！　モフッ、モッフーッ！」

朱道がいるせいかいつもより大人しかった子供達が、堰《せき》を切ったようにやいのやいのと雪成をなじり始める。その様子がおかしくて、里穂は思わず小さく声を出して笑ってしまった。

簪《かんざし》屋、飴屋、お面屋、硝子《びいどろ》屋。

軒《のき》を連ねる多種多様な屋台の上では、不落不落と不知火が絶えず躍っている。

中空では、天狗と一反木綿《いったんもめん》が籠《かご》を手に行商中だ。

愛玩妖怪屋の前では、化け狐の子供が、母親に毛羽毛現をねだっている。道の真ん中では、狒狒《ひひ》と呼ばれる大型の猿の妖怪が、曲芸を披露している最中だった。笛や太鼓で軽快な音楽を奏で続ける、ろくろ首や百目などの異形の者。

ちりんちりんと、風鈴屋から水宝玉《すいほうぎょく》のこぼれるような音がする――

隣には、類《たぐい》まれなる美丈夫の姿。

朱道は今宵《こよい》、いつもの藍色の着物ではなく、漆黒の着物を身にまとっていた。いつもより男らしさが増して、匂い立つような色気を感じる。

炎に似た赤い髪も、闇に溶け込むような色合いの衣によく映えていた。道行くあやかし達は、彼に気づくなり、「朱道様だ」「帝だ」と次々に頭を下げていく。

思わずぼうっと見惚れていると、ふいに彼がこちらを見た。

盗み見していたのを誤魔化すように、里穂は慌てて前に向き直る。

――と、指先に何かが触れた。

それが指だと気づくのに、時間はかからなかった。

人混みのどさくさに紛れるようにして、朱道が指を絡ませてきたのだ。

何度も口づけをした間柄なのに、たったそれだけのことで里穂の心臓はあり得ないほど鼓動を速める。こちらを見ているあやかしがたくさんいるのに、という恥じらいも相まって、そわそわと落ち着かない気持ちになった。

これ以上ないほど赤らんだ顔を隠すようにうつむきながら、ちらりと目線だけで彼を見上げる。朱道はまるで気にしていないかのように、平然と前を向いていた。

耳のあたりがやたらと赤く見えるのは、光の加減だろうか。

(ああ、もう。心臓が溶けてしまいそう)

触れている箇所が、燃えてしまうんじゃないかと心配になるほど熱を帯びている。

それからはもう、煌《きら》びやかな景色にも、もの珍しい屋台にも、一切目がいかなくなってしまった。掌《てのひら》から伝わる痺れるような熱だけが、里穂を虜《とりこ》にする。

彼の所作ひとつひとつに、怖いほど意識が向いていた。

「見て、ほら。里穂様よ」

「なんとお美しい。お似合いのふたりね」

どこからともなくそんな声も聞こえてきて、里穂はうろたえた。自分が朱道とお似合いに見えるのなら、それは間違いなく高価な着物のおかげだ。

そうは思うものの、彼らの期待に応えたいという気持ちもあった。

あやかし界の住人は、強くて美しい后《きさき》を望んでいる。

気を引き締めねばと、改めて思う。

朱道に釣り合う者として、誇りを持って、前を向いて歩いていかなければ。

緊張してしまったせいか、少々息苦しくなってきた。ひょっとすると、惚気《のろけ》の才の影響かもしれない。あやかしの多いところに来たのが災いしたのだろう。

だが我慢できる程度なのは幸いである。朱道に気づかれないように、里穂は息を整えた。

（ごめんなさい、朱道様）

無理をするな、という朱道の言葉を思い出して、ひっそりと罪悪感を覚える。それでもせっかくの外出なのに、彼に心配をかけてしまうのだけは避けたかった。

「おいら、綿あめ買うブ～」

「このお面、豚吉くんにそっくりにゃ」

「次はおみくじをしようよ！」

「モフ～ッ！」

あやかしの子供達とモジャは、終始ふたりの後ろではしゃいでいた。

その様子を振り返って眺めた里穂は、微笑ましい気持ちになる。

子供の無邪気な笑顔が、里穂は大好きなのだ。

朱道に手を引かれ、大切な者達に囲まれて、月の見守る御殿街道を行く。

この世界のすべてが、里穂を受け入れてくれている。ここにいていいと言ってくれている。さんざめく祭りの景色の中で、絡み合う指から朱道の温もりを感じながら、里穂は有り余る幸せを噛みしめていた。

朱色のアーチ橋を渡り、川向こうまで来たときのこと。

「主上。例の件でご報告がございます」

バサバサと羽音が近づいてきたかと思うと、山伏《やまぶし》装束を身にまとった鴉天狗《からすてんぐ》が、ふたりの前に降り立った。

漆黒のくちばしに、まがまがしい形の羽、金色の瞳。天狗の中でもひときわ体が大きく、存在感がある。

「何か分かったのか？」

「はい、ですが」

鴉天狗は、里穂を一瞥《いちべつ》して、ためらうようなそぶりを見せる。里穂には聞かれたくない内容なのだろう。

それを察したのか、朱道は「すぐに戻る」と里穂に告げると、鴉天狗とともに通りの隅に移動した。すぐに、ふたりで熱心に話し込む。

温もりの消えてしまった掌《てのひら》が、心もとなくて。

（もうちょっと繋《つな》いでいたかったな）

そうは思うものの、大事な話なら致し方ない。

彼は、この世界の頂点に立つ者。里穂ひとりが独占できる存在ではない。

あやかしの子供達は、橋の欄干《らんかん》に座り、そろって妖怪飴を食べている。

豚吉の頭の上にいるモジャが、口を大きく開けて、飴を物欲しそうに眺めていた。

（そういえば、雪成さんはどこに行ったのかしら？）

すっかり忘れていたが、たしか彼もいたはずである。ぐるりとあたりを見渡せば、前方で、島田髷《しまだまげ》に結った女あやかしにデレデレしている雪成を見つけた。

「雪成様、それではまた」

「じゃあね、乱《らん》ちゃん。これ、大事にするね」

ヒラヒラと手を振り、女あやかしに別れを告げた雪成の手には、薄水色の小さな袋が握られていた。

不思議に思った里穂は、こちらに戻ってきた雪成に問いかける。

「雪成さん、それは何ですか？」

「ああ、これですか？〝恋づつ袋〟ですよ」

「こいづつぶくろ？」

聞き覚えのない言葉に、首を傾《かし》げる里穂。

「十六夜《いざよい》祭りの日に、意中の男性に贈ると両想いになれるといわれるお守りです。毎年、祭りの時期になると、女の子達は〝恋づつ袋〟の話題で盛り上がるんですよ。本気じゃなくて、付き合いで渡す場合もありますけどね。ちなみに僕は、毎年十個は貰ってます」

そう言うと雪成は、懐《ふところ》から色さまざまな〝恋づつ袋〟を出して見せてきた。

しばらく見なかったのは、どうやらあちこちでこれを渡されて、そのたびに足を止めていたからららしい。

里穂は興味津々で、雪成が見せてくれた〝恋づつ袋〟を眺めた。どれもが瓢箪《ひょうたん》のような形をしていて、色鮮やかな紐で口を結わえられている。想いのこもった、とても素敵なものだと思った。

「主上も毎年千個は貰ってますよ。御殿に大量に届いても、冷たいお人だから見向きもしませんけどね。里穂さんを花嫁に迎えることが決まっているにもかかわらず、今年ですら、何個か届いてるんじゃないかな」

雪成の思いがけない言葉に、里穂はドキッとした。

朱道に〝恋づつ袋〟を贈ったことのある女あやかしが無数にいるのを知って、小さな嫉妬《しっと》心が芽生える。

（私も朱道様に贈ってみたい）

朱道からは与えられてばかりで、何も返せない里穂は、いつも心苦しく思っていた。

これは彼に贈り物をできるいい機会である。

「その袋は、どこかで買って贈るものなんですか？」

「買う者もいるようですが、自分で作るのが主流ですね。そうした方が両想いになれると信じられているんです。布を瓢箪《ひょうたん》の形に縫って、中に口づけした和紙を入れて、紐で結わえれば完成です。この形には、無病息災の意味が込められているらしいですよ」

「口づけした和紙を……！」

それは、奥手な里穂にはハードルが高すぎる。いや、朱道とは実際に何度も口づけをしているわけだが、間接的な方がやたらと恥ずかしいのはなぜだろう。

あわあわとうろたえた里穂を見て、雪成が口をにんまりさせた。

「ははーん。さては里穂さん、主上に贈ろうってお考えですね？」

「はい……。でも今夜縫っても、もう間に合わないですよね」

「一日遅れるぐらい、いいんじゃないですか？　贈らないより贈った方が、主上も間違いなくお喜びになりますし。よろしかったら、僕が今夜中にこっそり材料を調達してきてあげましょう」

「え、いいのですか？」

布と紐の仕入れ先を考えあぐねていた里穂は、顔を輝かせる。

「はい。ご希望の色や柄をおっしゃってくだされば」

「雪成さん、ありがとうございます！」

里穂はさっそく、思い浮かんだ生地のあらましを、雪成にこっそり耳打ちした。

ニヤニヤしながら、相槌を打つ雪成。

「なるほど～。さすが里穂さん、センス抜群です」

「――何の話だ？」

雪成と微笑み合っていると、頭上から朱道の声が降ってきた。どうやら、鴉天狗との話が終わったらしい。こめかみがひくついているのが分かるほどの、不機嫌顔である。

「いいえ、何でもございません！　どうぞお気になさらず！　僕は急用ができたのでちょっと抜けますね、お許しを～」

雪成はにやついたまま朱道にそう告げると、疾風《しっぷう》のごとく通りの向こうへと消えていった。

残された里穂と朱道の間に、重たい空気が流れる。

「何を話していた？」

「ええと、その……」

〝恋づつ袋〟のことは朱道には秘密にしておきたいので、言い逃れをしたいが、何ひとつ言い訳が浮かばない。

「……秘密です」

結局馬鹿正直にそう言ってしまった自分を、里穂は心から呪った。これでは、彼を煽ったも同然だ。案の定、朱道は口を引き結んで押し黙ってしまう。

指先を絡ませ合っていたときの甘い空気はどこへやら、なんとも言えない気まずさがふたりを取り巻いた。

（ああ、もう。どうしてこうなっちゃうの）

朱道が嫉妬《しっと》深いのは分かっているのに、なぜうまく立ち回れないのだろう。

自分の不器用さに、里穂はほとほと嫌気が差したのだった。

祭りから帰ったあと、今日だけは別で寝たいと申し出ると、またしても朱道の表情が凍りつく。

「――そうか」

そう言い残し、ひとりで寝所へ向かった彼の後ろ姿は、あからさまに覇気がなかった。

罪悪感が募ったが、〝恋づつ袋〟が出来上がり次第、彼の疑念を晴らすことができるのだからと、里穂は腹をくくって自室に閉じこもる。

そして、遅れて御殿に戻ってきた雪成にこっそり渡された紙包みを懐《ふところ》から取り出す。中に入っていたのは、赤色の端切れに、生成《きな》り色の紐だった。

赤といえば、朱道である。髪と目はもちろん、彼は存在そのものが鮮烈な赤を連想させる。彼に贈る〝恋づつ袋〟は、この色以外考えられない。

素朴で飾りけのない生成《きな》り色は、里穂自身だ。

炎のごとく苛烈な印象の彼を、ひっそりと支える存在でありたい――そんな想いを、里穂はこの配色に込めていた。

豚吉の母親に借りた裁縫道具を用意し、里穂はさっそく〝恋づつ袋〟作りにとりかかる。花菱家にいた頃から、自分の服をしょっちゅう繕《つくろ》ってきたので、裁縫は得意な方だ。

雪成に見せてもらった〝恋づつ袋〟を頭の中に思い描き、裁《た》ちばさみで端切れを裁断していく。

瓢箪型《ひょうたんがた》の袋を縫い終わったところで、里穂はついに、文机《ふづくえ》の引き出しから和紙を一枚取り出した。

小さくちぎり、手に持ってじっと見つめる。

（――えいっ！）

両目をぎゅっと瞑《つぶ》って、勢いのまま、和紙の真ん中に口づけた。

ものすごく恥ずかしい行為だった。ひとりきりの部屋でしていることを思えば殊更である。

口づけを終えた和紙を布の中に入れて袋口を縫いつけ、最後に生成《きな》り色の紐で固く結わえた。

「できた……」

思った以上にいい仕上がりだ。

里穂は完成したばかりの〝恋づつ袋〟を幸せな気分で眺めた。

これを渡したとき、朱道はどんな顔をするだろうか。

素っ気ないだろうか、照れるだろうか、困惑するだろうか。

想像がつかなくて、今から緊張してしまう。

考えてみれば、誰かに贈り物をするなんて、生まれて初めての経験だ。


翌日の夜。

湯上がりの肌に薄桃色の夜着をまとい、朱道の部屋に行くと、布団の上で胡坐《あぐら》を掻《か》いている彼と目が合った。

今日は何か作業をしている様子もない。まるで里穂が来るのを待ちかねていたかのように、視線がまっすぐこちらに向いていた。

「来たか」

里穂を見るなり、どこかホッとしたように朱道が言う。

「今日も来ないかと思っていた」

それから、寂しげな笑みを浮かべる朱道。

そんな顔を見たのは初めてのことで、里穂は、心臓がぎゅっと絞られたような心地になる。たった一晩ともに過ごさなかっただけで、まさかこれほど寂しがられるとは思いもしなかった。

「昨夜は、ごめんなさい」

心から詫びて、彼の隣に寄り添うようにして座る。すぐにでも〝恋づつ袋〟を渡して、胸に有り余るほどのこの想いを、彼に伝えたかった。

だが。

「気にするな。ところで、明日からしばらく外泊することになった」

そんなことを言われ、懐《ふところ》に伸ばしていた手が止まる。

「例の失踪事件の捜査で、御殿を離れ、南方に行かなければならない。だから今日こそは、お前とともに過ごしたかった」

「そう、だったのですか……」

一日寝所を別にしただけで、彼がこれほどまでに切なげだったのは、そういう事情があったのか。

明日からの彼のいない日々を思うと、今度は里穂の方が心細くなる。

――寂しいです。

そう言いたかったが、彼にはこの世界を平穏に治める責務があるのだ。里穂の個人的な感情で、彼を惑わせてはいけない。

とはいえ。

（帝の朱道様自ら赴くなんて、今回の事件、よほどのことなのね）

この世界の最高権力者である彼は、いざというときのために、ほぼ御殿に詰めている。外出しても、それほど遠くまで足を延ばすことはない。

だが花嫁修業の一環で学んだこの世界の地理によると、南方まではけっこうな距離がある。一連の行方不明事件が、かなり深刻な事態に陥《おちい》っているのがうかがえた。

里穂は本音を胸にしまうと、帝の嫁としてふさわしくあるよう、姿勢を正す。

「分かりました。どうか、お気をつけて。私のことは心配なさらないでください」

彼を不安にさせないよう、笑みを浮かべる。

愛する彼のために、安心して留守を任せられる、しっかり者の嫁でありたい。

それから里穂は、いよいよ懐《ふところ》から〝恋づつ袋〟を取り出し、朱道に差し出した。

「あの、これを」

生成《きな》り色の紐で結わえられた小さな赤い袋を見て、朱道が不思議そうな顔をする。

「それはなんだ？　くれるのか？」

「はい。〝恋づつ袋〟でございます」

「こいづつぶくろ？」

明らかに合点《がてん》がいっていない様子の朱道。

「ご存じないですか？　朱道様は、毎年女性達から有り余るほど〝恋づつ袋〟を貰っていると、雪成さんが言っていましたが……」

「贈り物は、誰からのものであっても、受け取らないことにしている。呪いをかけられている恐れがあるし、そもそも興味もないからな。そう表明しているにもかかわらず届く物は、片っ端から捨てるよう命じている」

素っ気ない物言いに、里穂は臆してしまった。

彼に贈り物をするのは迷惑なことなのかもと、〝恋づつ袋〟を差し出した手を引っ込めようとする。

「どういうものなんだ？」

だが朱道は、里穂の手首を捕らえ、興味津々といったふうに聞いてきた。

怯みつつも、里穂は雪成から教わった〝恋づつ袋〟という慣習について、かいつまんで彼に伝える。

「意中の男、に？」

するると朱道が、言葉の意味を噛みしめるように、その部分を反芻《はんすう》する。それからなぜか、片手で口元を覆ってうつむいてしまった。

「ごめんなさい。迷惑ですよね？」

「迷惑なわけがないだろう。お前からの贈り物だけは別物だ」

よく見ると、掌《てのひら》で覆われていない目のあたりが赤い。

どうやら、ひっそりと照れていたようだ。

自分からの贈り物だけは受け取るという彼の言葉が、消極的だった里穂の気持ちを後押しする。喜びが胸に広がるのを感じながら、〝恋づつ袋〟を改めておずおずと差し出した。

受け取った朱道は、小さな袋を、口元をほころばせて眺めている。その姿はまるで年端のいかない子供のようで、里穂は恐れ多くもかわいいと思ってしまった。

「もしかして昨日雪成と話し込んでいたのは、これについてだったのか？」

「はい。雪成さんが生地を調達してくれると言ってくださったので、お願いしたんです。夜こちらに来なかったのも、部屋で〝恋づつ袋〟を縫っていたからで……」

「なんだ、そういうことだったのか」

今まではどこかぎこちなかった朱道の表情が、ようやく和らいだ。

とたんに心を許した眼差《まなざ》しで見つめられ、里穂の心も安らいでいく。

「嫌な思いをさせて、ごめんなさい。渡すまで、秘密にしておきたかったものですから」

「気にするな。ただ、寂しかっただけだ。しばらくの間会えなくなるのが分かっていたからな」

二日前の夜、いつも以上に里穂に甘かったのも、同じ理由だったのだろう。

それから朱道は、手にした〝恋づつ袋〟にもう一度視線を落とした。

「お前が縫ったのか、器用なんだな。中には何が入っているんだ？　縫いつけられているから見られないな」

「……それは、ご想像におまかせします」

口づけをした和紙を入れているとは言えなくて、里穂は言葉を濁した。

「そうか。気になるが、今はこらえるとしよう。お前がくれたものだ、後生大事にする」

真っ赤になってうつむいた里穂の頬に、大きな掌《てのひら》が添えられる。

熱くて大きいその感触に促《うなが》されるように、里穂は顔を上げた。

里穂を見つめる朱の瞳が熱っぽい色を浮かべている。

彼が何を求めているかすぐに察して、里穂はそっと瞼《まぶた》を下ろした。

間もなくして唇に触れた、熱くて、柔らかな感触。

それは角度を変えて幾度も里穂の唇を堪能したあと、今度は喉のあたりに落ちてきた。肌に吸いつくような、今までとは違う雰囲気の口づけを繰り返される。水気を帯びた耳慣れない音に、背筋がぞくぞくと震えた。

そんなところに口づけられたのはもちろん初めてだ。ちらりと垣間見えた彼の目に、いつもとは違う雄の色を感じて、里穂はあたふたしてしまう。

「あ、あの……！」

動揺する里穂に気づくと、朱道は「すまない」とうめくようにつぶやいた。

それから首のあたりに顔を埋め、きつく抱きしめてくる。

「明日から会えないと思うと、我慢できなかった。体調の優れないお前を置いていくことだけが心配だ」

「心配なさらないでください。この頃は落ち着いてますし、きっと大丈夫です」

彼の体温に包み込まれているひとときは、どうしてこうも安心するのだろう。

里穂は目の前にある赤い頭を、きつく胸に抱き込んだ。

彼の髪は硬いように見えて柔らかい。そしていつも、麝香《じゃこう》の入り混じったような、いい香りがする。里穂の心をたまらなく昂《たかぶ》らせる、唯一無二の香りだ。

「――今宵《こよい》はもう少し、こうしてていいか？」

吐息を漏らしながら、遠慮がちに朱道が言った。

「はい、いいです……」

むしろ、そうしてほしい。

明日からしばらく会えないのなら、この温もりを、肌に刻んでおきたい。

白群青色《びゃくぐんじょういろ》の空に、三足鶏の鳴き声が、ホーホーと響き渡っている。

行燈《あんどん》の灯だけが頼りの薄暗い寝所で、その夜朱道は、言葉どおり里穂をなかなか腕から放してくれなかった。

第二章　桜と椿

朱道が留守の間、里穂の学校への送迎は、雪成に頼んでいるとのことだった。

ああ見えても、朱道の第一の側近である。本来は朱道に同行するところを、里穂のために置いていくという決断は、かなりの配慮と思われた。

「里穂さん。主上がいなくなって、寂しそうですね」

行きの車の中で里穂がしょんぼりしていると、向かいの座席にいる雪成が気遣うように声をかけてきた。

旅立つ朱道とは、今朝別れたばかりである。

『息災に』――赤い瞳を名残惜しそうに揺らめかせ、去っていった彼の背中を思い出す。ここしばらく会わない日がなかったせいか、たった数日離れるというだけで心もとない。そんな里穂の心情を、雪成は察しているのだろう。

「はい。でも、大丈夫です」

朱道の婚約者としてふさわしくあるよう、里穂は雪成に向かって気丈に微笑んだ。

「それは頼もしい。でも、無理はしないでくださいね。困ったときはいつでも僕を頼ってください」

「ありがとうございます」

雪成はちょっと頼りないところがあるが、優しい鬼だ。彼の気遣いに、里穂は心を和ませた。

何事もない平穏な一日が過ぎていく。

さすがに朱道に留守を任されているとあって、雪成はいつものようにだらけたりせず、しごく真面目に里穂の見守りに徹してくれた。やるときはやる男なのだと、里穂は雪成を見直す。

と思いきや、二日目の放課後。

「あれ？　雪成さん？」

帰ろうとしていた里穂は、教室のどこにも雪成の気配がないことに気づく。

姿は見えないものの、いつもは事あるごとに声をかけてきて、否が応でも存在を知らされていたのに。

「モジャ、雪成さん知らない?」

胸ポケットの中のモジャに、コソコソと問いかける。

「モフッ! モフ〜ッ!」

なぜか、怒り心頭のモジャ。雪成が勝手な行動をしたときに見せる様子そのものである。

(雪成さん、またどこか行っちゃったの? かわいい女の子に釣られたとか?)

あり得そうなのが怖い。まさかと思いつつ、あたりを見回すが、やはり雪成がいる気配はなかった。

窓から外を見ると、校門の前には、すでに送迎用の黒い車が横づけされている。

(もしかしたら、先に車に乗っているのかも)

おおかた車の中で居眠りでもしているのだろうと予想した里穂は、校門へと急いだ。

車に着くと、後部座席の窓をコツコツと叩く。

「雪成さん、お待たせしました。終わりました」

ゆっくりと、窓が開く。

中から顔を出したのは、雪成ではなく、見たことのない男だった。

「お疲れさまでございます」

（え？　誰……？）

里穂が驚いていると、彼は外に出てきて、車のドアを大きく開けた。

スラリと背の高い、整った顔の持ち主だった。漆黒のベストスーツが、怖いほどよく似合っている。サラサラの黒髪に、涼しげな目元、微笑をたたえた唇。齢《よわい》は、二十代中頃といったところか。

「あの……」

知らない人の車に乗るよう促《うなが》され、里穂は躊躇《ちゅうちょ》する。いや、この車自体はいつも乗っている百々塚家のものなので、完全に知らないわけでもないのだが……。というより、車にいないなら、雪成はどこに行ったのだろう？

すると男が、懐《ふところ》から名刺を取り出し、里穂に差し出してきた。

「はじめまして。百々塚涼介《りょうすけ》と申します」

名刺には、〝百々塚ホールディングス副会長　百々塚涼介〟と記されている。

「百々塚……？」

「雪成様よりご依頼があり、当主の父に代わって、里穂様をお迎えにあがりました。

「雪成様は、急用で先にあやかしの世界に戻らねばならなくなったようです」

なるほど、と里穂はようやく理解した。あろうことかあの百々塚家の御曹司が、雪成の代わりに里穂を迎えに来たらしい。

百々塚家の人にはお世話になっているが、実際に会うのは初めてだった。いつも名前を耳にするだけなので、実体があるようなないような、不思議な印象を抱いていたのだ。

「はじめまして。里穂……と申します」

再び学校に通うようになってから、里穂は百々塚姓を名乗っている。といっても書類上のみの養子縁組であり、百々塚家の人間とは関わりがないため、彼の前で名乗るのは気が引けた。

下校中の女子生徒達が、高級外車の脇に姿勢よく立つ涼介に、憧れの眼差《まなざ》しを送っている。それほど、彼は目を引く男だった。

顔立ちはもちろんのこと、立ち姿でさえも洗練されていて、生まれの良さがうかがえる。

事情は分かったものの、人見知りの激しい里穂は、彼にどう接していいか分からずおずおずしてしまう。すると涼介が、柔らかな笑みを向けてきた。

「立ち話もなんですから、お乗りください」

「あ、はい……」

涼介に向かってぺこりと頭を下げると、里穂は車に乗り込んだ。後部座席に、涼介と向かい合うようにして座る。涼介が運転手に片手で合図を送ると、エンジン音が響き車が走り出した。

「雪成さんに急用って……何かあったのですか？」

「詳しくは存じ上げないのですが、あちらの世界でトラブルがあったようです」

「――大丈夫なのでしょうか？」

雪成は朱道の側近だから、まさか朱道に関わることではと、里穂は生きた心地がしなくなる。そんな里穂の動揺を、涼介は素早く感知したようだ。

「大丈夫です、帝に異変はございません。どうやら、雪成様と親しい女性が関係しているようで……。あくまでも雪成様の個人的な問題と思われます」

百々塚家の人間だから当たり前なのだが、涼介は、あやかし界の状況にかなり通じているようだ。

（親しい女性が関係してるって、雪成さん、いったい何をしたのかしら……？）

とはいえ〝恋づつ袋〟を十個も貰った彼なら、女性問題を抱えていても違和感はない。

「そうでしたか。その……わざわざ迎えに来てくださりありがとうございます」

里穂は再び頭を下げた。

あの百々塚家の御曹司自らが迎えに来てくれるなど、やはり恐れ多すぎていたたまれない。

「我が百々塚家は、あやかしの帝の永遠の僕《しもべ》です。花嫁の里穂様の御身も、全力でお守りする義務があります」

さも当然とばかりに、涼介は語る。その目には底知れない威力があり、彼が心の底からそう思っているのが伝わってきた。おそらく、幼い頃よりそういった考えを刷り込まれてきたのだろう。里穂には想像もつかない世界だ。

「でも、お忙しいでしょう？　私なんかのために、時間を割《さ》いていただいて申し訳ないです……」

百々塚家の御曹司ともあろう人が、暇なわけがない。

「お気になさらず。僕は留学先のイギリスから帰ってきたばかりで、少々暇を持て余していたのです。大役を授かって、誇りに思っているくらいですよ」

にこっと優美な笑みを向けてくる涼介。

車は住宅街を抜け、雑木林に入っていく。

緊張している里穂を和ませるかのように、言葉巧みに話しかけてくる涼介は、里穂が今まで会ったことのないタイプの男だった。落ち着いた物腰に理知的な眼差《まなざ》し、御曹司という肩書が怖いほど合っている。

年は、二十二歳とのこと。大学生の身でありながら、大企業の副会長に就任しているなど、すごすぎて里穂の理解の範疇《はんちゅう》を越えている。

やがて、漆喰《しっくい》の長い塀の連なる和風の屋敷が見えてきた。朱道がかつて、自分の別荘のようなもので、表向きは百々塚家の所有物と言った、あの屋敷だ。

屋敷の裏手にある小高い山を登ると古びた社殿があり、あやかし界へは、そこから行き来できる。里穂は、百々塚家の所有する広大な屋敷が、まるであやかし界の入口を守るかのように建てられていることに、今さらながら気づいた。

『我が百々塚家は、あやかしの帝の永遠の僕《しもべ》です』——先ほどの涼介の言葉が身に染みて、背筋が伸びる心持ちになる。

一声で百々塚家を動かしてしまうあやかしは、やはり恐るべき存在だ。

涼介は里穂とともに車を降り、山を登って、社殿まで送り届けてくれた。

「それでは、お気をつけて」

「百々塚さん。こんなところまで、ありがとうございました」

ぺこりと頭を下げ、涼介に別れを告げる。

「いいえ、当然のことをしたまでですよ」

別れ際まで、涼介は一貫して紳士的だった。

そして里穂は社殿の扉を閉め、白群青色《びゃくぐんじょういろ》の空が広がる自分の住処へと帰っていったのだった。


朱道に会えない日々は、ひどくわびしかった。

ひとりでの朝餉《あさげ》に、ひとりでの夕餉《ゆうげ》、温もりの足りない布団。

朱道と出会う前、どうしてあんなにも平然とひとりで生きてこられたのかと、疑問に思う。

あやかしの子供達と笑っていても、学校で友達に囲まれていても、朱道のいない寂しさが埋まることはなかった。

朱道と一緒にいても、たいして会話が弾《はず》むわけではない。朱道は基本無口だし、里穂も口下手だし、無言のまま過ごすことも多かった。それでも絶対的な信頼を寄せる者がそばにいないというだけで、こんなにも不安になるものなのか。

(早く、朱道様に会いたい)

ひとりきりの寝所で、それればかりを考える日々が続く。

※

朱道は、鴉天狗を引きつれて、南方にあるひなびた街を歩いていた。

ここは元は栄えた繁華街だったが、酒呑童子の御代に理不尽な制裁にあい、衰退した地域である。

それでもこの界隈においては屈指の商業区域だが、決して華やかではない。薬屋や金物屋などが、ぽつんぽつんと露店を出している程度である。

ただかつての栄華を物語るように、街のそこかしこに、金造りの屋根や彫像など、煌《きら》びやかな装飾が残っていた。

「河童《かっぱ》の子供がいなくなったのは、この先の路地裏でございます」

鴉天狗が言う。彼には、此度《こたび》の失踪事件の情報収集を任せている。

このところ南方を中心に発生しているあやかしの子供の失踪事件は、八件にものぼる。今回は、そのすべての失踪現場を見て回る予定だった。鴉天狗によると、この街には、ある重大な証拠が残されているとのこと。

その証拠が確かなものなら、事件の影響が、思わぬところに飛び火するかもしれない。

悶々と考えながら、通りを歩む朱道。

そのとき、街角にある雑貨屋が、ふと目に飛び込んでくる。

人気商品として、毛羽毛現グッズが大量に軒先《のきさき》に並んでいた。箸、茶碗、髪飾り、それから足袋《たび》。御殿街道では見かけないレアグッズまで販売されている。

毛羽毛現を愛する里穂のために、しょっちゅう買い込んでいたせいか、つい足が止まってしまった。

「おい、あやかしの帝だ！　なんと尊い！」

「朱道様だ！　はあ〜、近くで拝める日が来るとは。ありがたや〜、ありがたや〜」

鼠顔《ねずみがお》の雑貨屋の老夫婦が、朱道を見て、口々に声を上げた。

「毛羽毛現の商品が気になられますか？　どうぞ、遠慮せずに持っていってくだせえ。先だって、朱道様に救われたことは、今でも強く感謝してますだ」

「そうですだ。店のもん、全部持っていって構いませぬ！」

謀反を起こし政権をとった際、朱道はまず、酒呑童子の過剰な制裁によって困窮している地域に施《ほどこ》しをした。このあたりもひどい飢餓《きが》に苦しんでいたため、大量の食物を送ったのを覚えている。鼠顔《ねずみがお》の夫婦は、そのときのことを言っているのだろう。

「いや、そういうわけにはいかない」

朱道は、毛羽毛現グッズを今すぐ大量に買い込みたい気持ちをぐっとこらえると、再び歩き出した。

里穂の喜ぶ顔が見たいのはやまやまだ。だが子供達がつらい目にあっている今は、欲望にとらわれている場合ではない。

（御殿に戻ったら、すぐにでも使いをやって買いに行かせよう）

胸の内でそう決めたとき、今さらのように、己の変化に驚かされた。

こんなときにまで女のことを考えるなど、闘いしか知らなかった今までの彼にしてみれば、信じがたい。

（現場の検証が終わったら、すぐにあの場所にも向かわねばならないな）

最愛の嫁と離れ自ら現場に足を運んだのは、もちろん捜査のためではあるが、里穂に関連する別の理由からでもあった。

「ここでございます。おたしかめくださいませ」

行き着いたのは、小汚い路地裏だった。

二足歩行の化け猫がフラフラと歩き、酒瓶があちらこちらに転がる、ひどく治安の悪そうな場所だ。

足を止めた朱道は、黙ってあたりを見回した。唐突に現れた朱道に驚いたのか、化け猫が怯えたように髭《ひげ》を震わせ、走って逃げていく。

そのまましばらくあたりの様子をうかがっていた朱道は、赤い目をわずかに見開いた。

（たしかに、鴉天狗の言うとおりだ。この匂いは分かりやすい）

朱道は眼光を光らせながら、背後にいる従者を呼ぶ。

「鴉天狗」

「はっ」

「すぐに、人間界に狛犬《こまいぬ》を放て。やつらは嗅覚が鋭い。子供達の居場所を探らせるんだ」

鴉天狗は深く頭を垂れると、漆黒のくちばしを動かし、「御意」と厳《おごそ》かに声を放った。

※

その日里穂は、昼過ぎからふらつきに悩まされていた。

授業中もどことなく気分が優れず、集中できない。

あろうことか、惚気《のろけ》の才の悪影響が出てしまったようだ。

(人間界なのに、どうして)

人間界にいるのに不調をきたすのは、初めてのことである。

医者はあやかしのいる世界でなければ惚気《のろけ》の才の悪影響は出にくいと言っていたが、これでは話が違うではないか。

とはいえ、不幸中の幸いで、熱はないようだった。いや、人間界だからふらつき程度で済んでいるが、あやかし界に戻ったとたんに発熱するかもしれない。

（どうしよう。早退した方がいいかしら）

早退しようにも、迎えの時間が早まるということを、誰にどう伝えたらいいのか分からない。雪成がついていてくれたなら相談できたが、彼は二日前に急用でいなくなってから、いまだ里穂の前に姿を現していないのだ。

女性が関係している問題とやらが、思った以上に長引いているらしい。いったい何をしたのか気になるところではある。

だから昨日も今朝も、里穂の送迎は涼介が行ってくれた。おそらく今日の帰りもそうなるだろう。

「里穂、校門まで一緒に帰ろ！」

「うん」

結局最後まで授業を受けた里穂は、亜香里に誘われ、ともに昇降口に向かった。

「朱道様、まだ帰らないの？」

「うん。遠方まで行ってるから、時間がかかるみたい」

「そうなんだ、それは寂しいね」

亜香里は、里穂の複雑な事情をすべて知っている。花菱家を出たのちにあやかし界に住んでいることも、紆余曲折《うよきょくせつ》を経て帝である朱道の許嫁《いいなずけ》になったことも。

以前よりもずっと友達は増えたが、変わらず、亜香里は里穂の一番の親友だ。

（やっぱり少しふらふらする。もうちょっとの辛抱だわ）

亜香里と話をしながら、校門の前に停まる百々塚家の車に向かって、里穂はどうにか歩んだ。

すると、里穂がたどり着くよりも早く、涼介が車の外に出てきてドアを開けた。

美男の洗練された仕草に、あたりの女子生徒達がぼうっと見惚れていた。

やはり、朱道とは違った意味で目立つ男だ。まるで彼を見に来たかのように、門前に不自然に人が多い。

「あの人が百々塚家の……」といったヒソヒソ声が、そこかしこから聞こえる。

涼介が里穂を迎えに来た翌日、目撃したクラスメイトに彼のことを問われたのを機に、あっという間に噂が広まったようだ。

「あの人が、噂の百々塚家の御曹司？」

隣を歩く亜香里も、心なしか興奮している。

予想外の注目を浴びて肩身の狭い思いをしながら、里穂はぎこちなく頷いた。

「うん、そう」

「へえ～。百々塚家の御曹司がわざわざ代わりに迎えに来るなんて、あやかしの帝って、ものすごい権力の持ち主なのね」

感心している亜香里に別れを告げ、里穂は車に乗り込んだ。

「里穂様、今日もお疲れさまでございます」

「いつも申し訳ございません……」

（よかった、やっとたどり着いた。これでひと安心ね）

座席の背もたれに身を預け、里穂はホッと胸を撫《な》で下ろした。

だが、これがよくなかったらしい。

高級素材のシートは、身が沈み込むほど柔らかで心地いい。安堵からか、思い出したように疲労がどっと体にのしかかって、動けなくなってしまう。熱がないから平気と高を括《くく》っていたが、思っていた以上にしんどいのを我慢していたようだ。

だがここで気を失ってしまえば、涼介にも、そして朱道にも迷惑がかかってしまう。

(それだけはだめよ……)

頑張ろうと自分を叱咤するが、体はすでに悲鳴を上げていた。

「里穂様？　顔色が悪いですが、どうかされましたか？」

向かいに座る涼介が、心配そうに顔を覗き込んでくる。

だがその頃にはもう、里穂には返事をする気力すら残っていなかった。

そしてシートに倒れ込むようにして、あっという間に意識を手放してしまったのである。


カコン、という物音で目が覚めた。

ゆっくりと瞼《まぶた》を押し上げる。清涼感のあるカコンという音が、もう一度鳴った。

きっと、鹿威《ししおど》しだろう。御殿の庭にもあるので聞き慣れている。

だから一瞬、御殿に帰ってきたのかと思ったが、嗅ぎ慣れない畳の匂いに違和感を覚えた。目に映ったのは、見たことのない木目の天井。井草《いぐさ》に混じって、檜《ひのき》の香りもする。

里穂は今、見知らぬ和室の布団の上に横になっていた。

「ここは……？」

「百々塚の屋敷です」

間髪《かんはつ》を容《い》れずに答えが返ってくる。スーツ姿の男が脇にいて、里穂を見下ろしていた。きっちりと着こなしたダークグレーのベストスーツ。百々塚涼介だと気づくのに、いっときの間を要した。

「あの、私……」

戸惑う里穂の脳裏に、ここに至るまでの記憶が舞い戻る。

車に乗って、安心したとたん、ひどくふらついて――

どうやら涼介は、車の中で気を失った里穂を、屋敷まで連れてきてくれたようだ。意識のない里穂を、ひとり社殿に放り込むわけにもいかなかったのだろう。

里穂はガバリと身を起こすと、涼介に向かって深く頭を下げた。

「申し訳ございません……！　気を失ってしまったみたいで、しかもお屋敷まで使わせていただいて……！」

百々塚家の御曹司ともあろう人に、この身を運ばせ看病までしてもらうなど、恐れ多いにもほどがある。

「いいんです。どうせほとんど使っていない別邸ですから」

迷惑をかけたというのに、涼介は嫌な顔ひとつしない。

それも、里穂があやかしの帝の許嫁《いいなずけ》だからだろう。百々塚の家に生まれ育った涼介にとって、あやかしの帝である朱道に尽くすことが使命なのだ。

「それよりも、お聞きしたいことがございます」

「……なんでしょう？」

すると涼介が、口角に意味深な微笑をのせた。

「あなたは異能をお持ちのようだ。違いますか？」

「……！」

里穂は言葉を詰まらせた。

あやかしと違って、人間が異能を持って生まれてくる確率はかなり低く、身近なものではない。そのためまさか人間である彼に気づかれるとは、思ってもいなかったのだ。

「僕も異能者なので、そう感じたまでです」

驚く里穂に、涼介が言う。

思いがけない話の展開に、里穂は目を瞬《またた》かせた。

「百々塚さんも……？」

「といっても僕の場合は、微々たるものですがね。しいて言えば、あやかしの存在や、異能者を察知できる程度のものです。おそらく、先祖の影響があるのでしょう」

謙遜《けんそん》するように言い、肩をすくめる涼介。

その言葉に引っかかりを覚えた里穂は、恐る恐る問いかける。

「先祖の影響とは、どういうことですか……？」

「ご存じありませんでしたか？　百々塚家はその昔、あやかしの嫁を娶《めと》ったことがあるのです。それゆえあやかしから数々の恩恵を受けてきたのですよ」

「そうだったのですね……」

なるほど、百々塚家とあやかしの繋《つな》がりの深さには、そういった裏事情があったらしい。思えば、百年に一度、人間界からあやかし界に花嫁を送っていたのだ。逆にあやかし界から人間界に花嫁が行っていても、おかしくはない。

「つまり僕には、微量ながら、あやかしの血が流れているというわけです」

まるで自らの血脈を示すかのように、軽く腕を掲げる涼介。

あやかしは皆、何かしらの異能を持っている。彼の言うように、あやかしを先祖に持つ涼介に能力が備わっていても、おかしくはないように思われた。

「里穂様の異能は、どういったものなのですか？」

「それは――」

里穂は〝惚気《のろけ》の才〟について、かいつまんで涼介に説明した。

異性のあやかしを惹きつける異能であり、体調が崩れるのは寄せられる想いを受け止めきれなくなるからだということ。また、いざというとき、愛する人の窮地を救う力を発動すること。

いつも冷静沈着な涼介が、珍しく瞳を輝かせて、里穂の話に聞き入っている。

「あまりない異能らしくて……」

「なるほど、すばらしいお力ですね」

自分にそんな特殊能力が備わっているなど、いまだに信じがたい。だが体調不良に苦しめられる一方で、かつて朱道の命を救ったことは、里穂の誇りでもあった。

これからも末永く、この異能と付き合っていく覚悟でいる。

「あなたに愛されている帝は幸せ者だ」

（朱道様が幸せ者だなんて、そんな）

幸せ者なのは、朱道と巡り合い、大事にされている里穂の方である。と思いつつも、涼介の発言が嬉しくて、里穂はほんのりと頬を染めた。

互いに異能の持ち主で、あやかしと繋《つな》がりがあるという共通点を見つけたからだろうか。

それを機に、里穂と涼介の仲は一気に深まった。

涼介は、幾度かあやかし界に行ったことがあるらしい。

「とにかく、あの世界は時間がまったく分からないんですよね。一日中、同じような空の色をしていますから」

「そうなんですよ！　私も最初は困ってたんですけど、三足鶏の鳴き方で判断するようになりました」

「三足鶏の鳴き方？　それは気づきませんでした。里穂様は聡明でいらっしゃる」

人間から見た、あやかし界のあるある話はなかなか尽きない。これに関しては亜香里ともできない話なので、心が弾んだ。

そもそも人当たりのいい涼介は、人見知りの里穂でも接しやすい。

亜香里以外の誰かとこんなにも打ち解けたのは、初めてのことだった。

気づいたときには、縁側の向こうの空が、すっかり夕暮れ色に染まっていた。

早く帰らないと、御殿の者達に心配をかけてしまう。

里穂の焦りに、涼介も気づいたようだ。

「思った以上に時間が経っていたようですね。失礼しました。お体の具合はどうですか？」

「おかげさまですっかりよくなりました。本当にありがとうございます」

里穂は涼介に礼を言うと、布団から立ち上がる。

そのとき、不思議な光景が目に入った。

縁側の向こうに広がる夕暮れの空を、薄桃色の桜の花びらが、はらりはらりと舞っている。

「え？　桜……？」

桜の時期は、たしか先月終わったばかりだ。学校に植えられている桜の木も、今は花ひとつなく、新緑の葉をまとっていたはず。

舞い散る花びらは、一枚ではなかった。追いかけるようにして、一枚、また一枚と、風に乗ってやってくる。

「おや。花枝《はなえ》さんが、また悪戯《いたずら》をしているようですね」

桜の花びらが舞う景色に目を向けて、涼介が言った。

口ぶりからして、この屋敷では見慣れた光景のようだ。

「花枝さん……？」

「はい。よかったら、お帰りになられる前に、花枝さんに会っていかれますか？」

涼介に誘われ、外に出る。

ここは百々塚家の別邸と聞いていたから、あやかし界に通じる社殿の近くにあるあの屋敷かと思いきや、どうやら違うらしい。よく見ると、建物の形状も、庭の様相も異なっていた。

それに、あの屋敷には常日頃から使用人が溢《あふ》れているのに対し、ここはひっそりとしている。

どうやら百々塚家は、こういった規模の屋敷をたくさん所有しているようだ。

涼介とともに、松の大木が連なる庭園を行く。その間も、桜の花びらは、ひっきりなしに宙を舞っていた。

たどり着いたのは、広大な敷地の隅にある、緑の垣根に囲まれた離れである。漆喰《しっくい》の壁に瓦屋根の、小ぢんまりとした建物だった。

涼介は里穂を連れて、建物の角を曲がり、離れの裏庭に回った。

桜の木は、そこにあった。

といっても黒ずんでいて、見るからに枯れている。おそらく、かなり樹齢の長い木だろう。それなのに、今にも朽ちそうなか細い枝から、湧き水のように桜の花びらが溢《あふ》れ出ている。

見るも不思議な光景に、里穂はしばらくの間言葉を失った。

まるで、手品でも見ているかのようだ。

「あれは……どうなっているのですか？」

「花枝さんの悪戯《いたずら》ですよ」

涼介は微笑みながら、先ほどと同じことを言う。

桜の木の真向かいにある離れの縁側に、まるで喪服のような装《よそお》いをした女性が、ひとり正座している。

息を呑むほど、美しい人だった。齢《よわい》は、二十代後半といったところか。

抜けるような白い肌に、猫を彷彿《ほうふつ》とさせる大きな黒い瞳、ふっくらとした桜色の唇。

涼介と里穂が近づいても、こちらには一切目を向けず、目の前の桜の枯れ木だけをじっと見つめている。まるで、ふたりが見えていないかのようだ。

「……どなたですか？」

「僕の先祖です」

涼介の答えを、里穂はしばらく理解できなかった。

首を傾げていると、涼介が説明を加える。

「先ほどお話しした、かつて百々塚家に嫁入りしたあやかしですよ」

「あっ……」

かすれた声が漏れた。まさかという気持ちである。

「あやかしの寿命は人間とは比べものにならないほど長いですからね。子供や孫、さらにその先の者達も亡くなってしまいましたが、彼女だけはこうして生き続けているのです。もう何年も、変わらぬ姿のまま」

あやかしと人間の寿命に差があることは、里穂ももちろん知っていた。朱道にしろ雪成にしろ、見かけこそ若いが、里穂よりもずっと長く生きているのだ。分かっていたことだが、こうして目の当《ま》たりにすると、絶望に似た悲しみが込み上げる。

里穂が絶句している間も、枯れ木からは、次から次へと花びらが湧き出ていた。息の音ひとつ立てずに、静かにそれを見守っている花枝。

朱色に染まる空を舞うそれは、遠く流れていくものもあれば、垣根のあたりで空気に溶けて消えるものもある。どうやら、本物の花びらではないようだ。

いったい彼女は何年生きているのか。そして、何年喪服を着続けているのか。

物憂《ものう》げな花枝の表情を見ていると、里穂はいたたまれない気持ちになる。

「花枝さんは花にまつわるあやかしですからね。ときどきこうやって時季外れの桜を咲かせて悪戯《いたずら》をするのですよ」

涼介はそう言うと、ゆっくりと歩いて、花びらのひとつを追う。花びらは離れを囲む垣根まで舞うと、赤々と咲く椿の花の上に落ち、淡雪のように溶けてなくなった。

「おや、垣根に椿がまだ咲いている」

涼介が言った。

「椿って、五ヶ月くらい花を咲かせるらしいですよ。咲いたかと思えばすぐに散ってしまう桜とは、ずいぶん違うと思いませんか？」

儚《はかな》く消える桜の花びらに対し、それは燃えるように赤く、生命力の強さをうかがわせた。

何気ない涼介の言葉が、里穂の胸をえぐる。

「そうですね……」

里穂は自らの指先に視線を向けた。

細くて生白い指先は、見るからに頼りない。風に溶かされ、消えてしまいそうなほどに。

なんとなく、反対の手で、指先をぎゅっと抱きしめた。

消えたくない、と思ったのだ。

だけどこの指先も、この体も、そう遠くない未来に消滅するだろう。

あやかしに比べたら、人間の寿命など、微々たるものだから。

やるせない気持ちになって、里穂は花枝を見つめた。

虚《うつ》ろな彼女の視線は、定まる気配がない。多くの近しい者を看取り、それでもこの世に居座っている自らの存在を放棄しているかのように、虚無で、無感情だ。

「あの……」

里穂は、思い切って花枝に話しかけようとした。だが何を言えばいいのか分からず、口ごもってしまう。

「花枝さんは、何も喋《しゃべ》りません。少なくとも僕は、彼女が話しているのを見たことがありません。高齢なので、そういった能力が衰えてしまったのでしょう」

そう言いながら、涼介が花枝の隣に腰かけた。それでも花枝は、視線ひとつ動かさない。まるで作り物のように、瞳に温もりが感じられなかった。

「ただひたすらこうやって、縁側で一日を過ごしているだけです。誰とも話さず、笑いもせずに、亡き夫や子供を偲《しの》びながら、生き続けているのでしょう」

「……」

里穂は、心臓を鷲掴《わしづか》みにされたような心地になる。

愛する者を次々と失っても死ねないというのは、どれほどつらいことだろう。

だが花枝の姿は、決して他人事ではないのだ。

いつしか里穂は、花枝に、未来の朱道の姿を重ねていた。

そう遠くない未来、里穂の寿命は終わりを迎え、朱道だけが取り残される。

――『お前なしでは、もう生きていけないと改めて思っただけだ』

否応なしに、いつかの夜の、朱道の言葉が思い出された。

あやかし界の頂点に立つ、強くて美しい鬼。だが彼は、その雄々しい見た目の裏に、繊細な心を隠し持っている。

かつて戦で敵を殺《あや》めた経験から、苦しみもがいている姿を、里穂はすぐ近くで見てきた。

(嫌だ。朱道様をひとりにしたくない)

だが、これは抗《あらが》えない運命なのだ。

人間の時間軸と、あやかしの時間軸は、長くは重ならない。

そもそも、ふたつの世界が袂《たもと》を分かったのは、そういった事情もあったのではないだろうか。

平穏な共存など、そもそもあり得ないのだ。時間感覚の違いによって必ずや、憎み、悲しみ、苦しむ者が現れるから。

ちっぽけな里穂には、どうすることもできない——

複雑な心境のまま花枝のもとを離れた里穂は、涼介とともに、あやかし界に通ずる社殿に向かった。

その道中、山の中で雪成に出くわす。

「里穂さん！　ほんっとうに、申し訳ございません！」

社殿の方から走ってきた雪成は、里穂を見つけるなり、ガバリとその場に土下座をした。

「この度は、大変ご迷惑をおかけしました！　煮るなり焼くなりどうぞお好きになさってください！」

「雪成さん。大丈夫ですから、そんなに謝らないでください」

「いいえ！　主上から里穂さんのことを頼まれておきながら、任務を遂行できなかったのです。いくら謝っても足りません……！　無論、主上にも怒られる覚悟でいます！」

ぐすっと鼻をすすっている雪成は、半分泣いているようだ。

「本当に、気にしないでください。それより、もう問題は解決したのですか？」

「はい。行方不明だった乱ちゃんは、どうにか見つかりました。失踪事件が相次いでいる最中だったのでつい我を忘れて捜し回ってしまいまして……」

そう言って、またひれ伏す雪成。

なるほど、そういった事情があったらしい。

優しい彼のことだ。親しい女友達が失踪したと聞いて、気が気ではなかったのだろう。

「だから、もう謝らないでください。ずっとモジャが見守ってくれていたし、送り迎えも百々塚さんがしてくださったので、私の方は何も問題ありませんでした。とにかく、お友達が見つかってよかったです」

そこで雪成は、里穂の一歩後ろに立つ涼介に初めて気づいたらしい。「百々塚さん……？」と目を剥《む》いている。

「里穂さんの送迎をお願いした、百々塚家のご当主ですか……？　人間にしては、年のわりにお若いですね。たしか五十代と聞いていましたが……」

雪成は、なぜか青ざめ、震えている。そんな彼に、涼介が微笑を向けた。

「当主は僕の父です。父から連絡があり、僕が代わりに里穂様の送迎を担《にな》ったのです」

「ご子息でしたか。なるほど……」

今度は、じろじろとやたらと涼介を眺める雪成。

「ところで、今日は随分と帰りが遅いですね。もう日が暮れているじゃないですか」

「ああ……ええと、友達と話してたら遅くなっちゃって」

体調を崩したと正直に言えば、雪成にさらなる罪悪感を抱かせてしまう。慣れない嘘をギクシャクとつき、里穂はどうにか誤魔化した。真実を知っている涼介が口を挟んでこなかったのは幸いである。

「そうですか。何事もなかったのなら、よかったです」

雪成が、安堵したように言った。だがどこか落ち着きがなく、何やら胸に抱えている雰囲気である。

里穂は涼介とその場で別れ、雪成とともに社殿に入った。

しばらく真っ暗な社殿内に佇《たたず》んでいると、入ったときにはなかった扉が現れ、隙《すき》間《ま》から青白い光が射す。あやかし界に戻ってきたのである。

扉の向こうには、あたり一面に霧の満ちた、見慣れた光景が広がっていた。等間隔に並ぶ石灯篭《いしどうろう》の先には、あやかし界の頂点に君臨する者が住まう黄金色の御殿が、威風堂々とそびえている。

「主上は、明日お帰りになるそうですよ。伝書係のぬらりひょんから連絡がありました」

御殿に向かう途中で、雪成がそう言った。

里穂はパッと顔を輝かせる。

「本当ですか？」

ところが次の瞬間、雪成がなぜかまたその場にひれ伏した。

「雪成さん？　どうしたんですか？」

「里穂さん、お願いです……！　どうか今回の件は、主上には内密にしていただけませんでしょうか……!?」

「今回の件、ですか？」

「乱ちゃんを捜すために、里穂さんの送迎を百々塚家に依頼したことです！　いえ、先ほどもお伝えしたとおり、ちょっと前まで怒られる覚悟だったんです。主上の言いつけを破ったのですから。でも、でも……！」

「でも？」

「あの百々塚家のご子息、イケメンすぎやしませんか!? あんな男と里穂さんをふたりきりにしたことがバレたら、僕は必ずや、ひどい目にあうでしょう。五十代のおっさんが来ると思っていたのに、よりによってどうしてあんなイケメンがぁ……っ！」

あわあわと震え出す雪成。

そんなことで怯えていたのかと、里穂は微笑ましくなった。やはり頼りなくとも憎めない鬼である。

「大丈夫ですよ。さすがの朱道様も、事情が事情だけに、理解してくれると思います」

「いやいやっ！　里穂さんは、主上の嫉妬《しっと》深さがどれほどか、本当の意味では分かってないんですよ！　里穂さんにでれでれしただけで睨み殺されかけているのに、今度こそ本当に殺されてしまいます……っ！」

これだけ必死に懇願されたら、里穂も考え直すしかない。

「分かりました。朱道様には、秘密にしておきますね」

「ありがとうございます……！」

瞳をうるうるさせて、喜ぶ雪成。

朱道に嘘をつく形になるため心が痛むが、何事もなかったし、問題はないだろう。

そもそも送迎をきっちりとつけて見守りまでさせる朱道が、過保護すぎるのだ。

とにかく、彼に会える明日が今から待ち遠しい。

そうは思うものの、百々塚家の屋敷で見た花枝の姿が頭から離れず、里穂は複雑な気持ちにもなるのだった。


――……はらりはらりと、桜の雨が降っている。

桜の枯れ木に面した縁側に、赤い髪の鬼がひとり、座っている。

虚《うつ》ろな瞳に、擦り切れた着物。

まがまがしい角もやせ細り、かつてのような猛々《たけだけ》しさはない。

鬼が手にしているのは、頭蓋骨だ。

おそらく、女のものだろう。

そもそも小さくて未熟な女だったが、そのうえ今はもう話すことも、彼の支えとなることもできない。

それでも鬼は、彼女の骸《むくろ》を抱き続ける。

はらりはらりと、彼らの周りを、やむことなく桜が舞い続ける……――


翌朝。

朝餉《あさげ》を終えた里穂は、自室にて、学校に行く準備をしていた。

今朝がた、とても悲しい夢を見たように思う。どんな内容だったのかは思い出せないが、気分が沈んでなかなか戻らない。

(今日は朱道様が帰ってこられるのに。くよくよしていられないわ)

里穂は心の中で自分を叱咤し、学生鞄を手に取った。

すると、襖《ふすま》が開く音がする。

「里穂」

襖《ふすま》の向こうに、朱道がいた。

鮮烈な赤の瞳で、焦《こ》がれるように里穂を見つめている。

「朱道様？　もうお帰りになられたのですか？　今日帰ってこられるとは聞いていましたが、まさかこんなにお早いとは……」

「お前に会いたくて、急いだんだ」

朱道は部屋に足を踏み入れると、急《せ》くように里穂を抱きしめる。

久々に大きな温もりに包まれ、喜びで胸が早鐘を打った。

やはり彼の腕の中は、この世のどこよりも安心する。

「お前が不足していた。補充させてくれ」

痛いくらいにきつく抱きしめたあと、改まったように、朱道は里穂の顔を覗き込んできた。

間近に迫る、眉目秀麗な顔。数日会わなかったせいか、彼の見目麗《みめうるわ》しさをいつもより如実に感じてしまう。ドクドクと鳴る自分の心臓の音が、耳にうるさい。

「少し痩せたか？」

「変わっていないと思います。たった五日ですし」

「そうだったか？　百年は離れていた気がする」

あまりの近さに恥じらい、赤くなった顔を気にしていると、彼の目がようやく落ち着きを取り戻したかのように細められた。

まるで巨大な犬に尻尾を振られて、飛びかかられている気分である。

「体調はどうだ？」

「――特に、問題ございませんでした」

「そうか、それなら安心した」

雪成との約束があるので、体調を崩し、百々塚家の屋敷に厄介になった件は黙っていた。それについて話せば、雪成が朱道の言いつけを守らずに女友達を捜しに行ったことがバレてしまう。だが何分嘘をつくのに慣れていないので、不自然に口元が歪んだ。

慌てて、咳き込んで誤魔化す。

「げふん、げふん」

「どうした？　やはり体調が悪いのか？」

「いいえ、そうではなく……」

すると朱道が、おもむろに自らの懐《ふところ》に手を入れる。取り出したのは、蛇革で造られた頑丈そうな袋だった。開けると、中には無数の白い薬包紙が入っている。

「これを飲むといい。惚気《のろけ》の才に効く薬だ」

「お医者様のところにも寄られたのですか？」

「ああ。南方に、惚気《のろけ》の才に効く薬を調合できる薬屋がいると聞いて、前から気になっていたんだ。御殿に来るよう何度も声をかけたが、偏屈な薬屋で、『お前が来い』の一点張りでな。今回捜査を兼ねて薬を貰いに行った」

そう言うと、朱道は部屋にあった水差しから湯呑みに水を入れ、里穂のもとに戻ってくる。

里穂は彼の膝《ひざ》の上に乗せられ、後ろから抱かれるようにして、薬を飲まされた。

過保護にもほどがあるとは思うが、恥ずかしいと同時に、素直に嬉しい。

「もしかして朱道様自らが行方不明者の捜査に行かれたのは、この薬を手に入れるためでもあったのですか……？」

「まあ、そういうことだ」

振り返って問うと、朱道が、少々バツが悪そうに視線を逸らす。

「それにしても、あの偏屈な薬屋は本当に性格が悪くて厄介だったな。俺に何度も頭を下げさせて、ようやく調合を始めたんだ。腕利きじゃなかったら暴れていたところだ」

「頭を下げて？　そんな、申し訳ございません……！」

帝の朱道にそんなことまでさせたのかと、里穂は恐縮した。

あわあわとする里穂を落ち着かせるように、朱道が指先で頬を撫《な》でてくる。

「お前が謝ることじゃない。体の一部を差し出せと言われても、俺は喜んで受け入れただろう。お前はそれだけの価値がある女だ」

里穂を見つめるその瞳は怖いほどまっすぐで、彼が心からそう思っているのが伝わってきた。彼の眼差《まなざ》しが、体温が、全力で里穂を求めている。

ああ、愛しいと思う。

彼の崇高さも、猛々《たけだけ》しさも、不器用さも、すべてが愛しい。

久しぶりに会って、いっそう彼への想いが募るのがよく分かった。

「ただし、薬屋が言うには、この薬には副作用があるそうだ」

里穂の体を、より深く抱き込みながら朱道が言った。

「副作用、ですか?」

「ああ。惚気《のろけ》の才の悪影響を鎮めるとともに、本来の力も制御してしまうらしい」

惚気《のろけ》の才の本来の力とは、愛する者が窮地に陥《おちい》った際に救う力のことである。酒呑童子が喉から手が出るほど欲していた、特別な異能。その恩恵によって、里穂はかって、酒呑童子との闘いで危機に瀕《ひん》した朱道を救った。

「でもそれでは、朱道様のお役に立てなくなるのでは……」

里穂は狼狽した。

愛する朱道の力になれるこの異能を、密かに誇りに思っていたからだ。

（能力を失った私に、朱道様のそばにいる価値はあるのかしら）

思わず目を伏せると、伸びてきた指先に顎《あご》を捕らえられ、上を向かされる。

「俺は構わない。お前が苦しむくらいなら、むしろそのような厄介な異能はなくなる方がいい」

揺らぎのない瞳で言われ、里穂は息を呑んだ。

彼は、自分に有利となる異能を持つ里穂ではなく、ありのままの里穂でいいと言っている。みじめで、ちっぽけな里穂のままで――

「朱道様……」

彼の深い愛情を知って、心が切なく震えた。

「大好きです」

思わず、そんな言葉が口をついて出た。

瞳をうるませながら朱道を見つめ、心のままに、そっと微笑む。
ぎこちなく微笑み返した彼の顔は、みるみる朱に染まっていった。
赤らむ顔を見られまいとするかのように、里穂の肩口に顔を埋める朱道。
「……苦労して薬を手に入れた甲斐があったな」
ぼそりとつぶやかれた言葉を耳にしながら、赤い髪に、里穂も頬を寄せた。
大きくて優しいこの鬼を、心から愛している。彼から愛されているのもよく分かる。
それなのに、胸にぽっかりと穴があいたように心は空虚だ。
赤い椿に触れて溶ける桜の花びらの光景が、どうしても頭の中から消えないのである。
彼への想いを実感すればするほど、引き攣《っ》れるような胸の痛みが強くなっていった。

※

「雪成、頼んだぞ」

校門前につけた車の中で、朱道は雪成に言い放つ。

「はい、お任せください」

雪成が、とってつけたようなすまし顔になった。そういえばいつもは車の中でペラペラうるさいのに、今日はやけに静かだった。なんとなく違和感を覚え、胡乱《うろん》な目で見る。

「なんだか今日は笑みが胡散臭《うさんくさ》いな」

「そそ、そんなことありませんよ……！　いやだなあ、もう。とにかく、行ってきますね！」

挙動不審《きょどうふしん》な動きを見せながら、雪成は先にドアを開け、逃げるように車から降りた。

やはり不自然だといぶかしんでいると、隣から里穂の声がした。

「朱道様、行ってきます」

肩までの艶《つや》やかな黒髪に、白い肌、ほっそりとした手足。今日も変わらず、野に咲く花のように美しい。

この頃は、どことなく艶《つや》っぽさも増した。

朱道が、何度も口づけをしたからだろうか。

桜色の唇を見ていると、あの柔らかさと甘さを思い出して、居ても立ってもいられなくなる。

「ああ、気をつけて」

今朝も最愛の嫁に見惚れていた朱道は、どうにか己を律し、そう答えた。

里穂は朱道に小さく会釈《えしゃく》をして、車を降りる。門の向こうに遠ざかっていく細い背中を見ていると、連れ戻したい衝動に駆られるが、ぐっとこらえた。

車が再び動き出す。

花菱家でいびられていた頃、彼女は学校でもないがしろにされていた。百々塚の姓を名乗り、再入学してからも、奇異の目を向けられていたという。

だが雪成の報告によると、あの醜女《しこめ》の義妹がいなくなって以降は、楽しそうに過ごしているらしい。友人の亜香里とも一緒にいられるし、里穂にとって、今の学校は居心地がよいのだろう。

彼女の幸福は、朱道の幸福に直結する。

できればこのまま、学校に通わせてやりたい。

(だが、学校に行くのを許可してやれるのは、今日までだ)

流れゆく人間界の景色を眺めながら、朱道は渋面になった。

それは決して、彼女を常に自分の近くに置いておきたいという、己の欲求のためではない。

此度《こたび》の捜査で、朱道は、あやかしの子供が失踪したとされる現地を視察した。

田舎のあぜ道、ひなびた街の路地裏、山の奥深く……

どこも人気のない、忘れられたような場所だった。犯人はわざとそういうところを狙ったのだろう。卑怯なことこのうえない。

そして鴉天狗の報告どおり、訪れたそこかしこで、朱道は犯人に繋《つな》がる決定的な証拠を感じ取った。

(間違いない。あやかしをさらったのは人間だ)

人間は、あやかしには馴染みのない、独特の匂いがする。あのひなびた街の路地裏がとりわけ顕著《けんちょ》だったが、その他多くの場所にも、示し合わせたかのように微かな人間の匂いが残っていた。

三百年前に互いの世界での悪行を禁じて以来、あやかしと人間はほとんど関わりがない。

存在を知っている程度である。

それでも、気配を消すことのできるあやかしが、興味本位でひっそりと人間界に赴くことはあった。一方で、人間があやかし界に来ることはまずない。里穂のような、特殊な例を除いて。

だから、子供がさらわれた場所にだけ人間の匂いが残っているのは、明らかに異質な事態だった。

(人間があやかしに危害を加えたとなると、問題だ)

三百年前の掟《おきて》に反したのだから、無論厳しい罰を与えねばならない。現に最近も、里穂に危害を加えた彼女の養父を監獄送りにした。

問題はそれだけではない。自分達の仲間をさらったのが人間かもしれないという噂は、すでに広まりつつあった。失踪現場で、人間の匂いを感じ取った者がいたのだろう。

それにより、あやかしの人間に対する不信感は、日に日に募りつつあった。

子供だけを狙っているというのもまた、感情を煽り立てているようだ。

腕を組み、朱道はさらに深く考え込む。

(このままでは、里穂に矛先が向きかねない)

帝が人間の花嫁を迎えることに猛反対する動きが、各地で起こっているらしい。

里穂がどんなに気立てがよく優しい女だとしても、彼らは意に介さない。人間のひとりとして、敵対意識を持つだけだ。

朱道の見ていないところで、彼女の身に危険が及ぶ可能性もある。

そんな事態だけは、なんとしても避けねば。

雪成の護衛だけでは、もはや足りない。

（しばらくは、里穂を表に出さない方がいいだろう。悲しい思いをさせてしまうが、致し方ない）

のどかな朝の景色を目に映しながら、朱道は決意を固めた。

※

新緑の葉をつけた桜の木が、風に揺らいでいる。

里穂は机に頬杖をついて、窓の向こうの景色を眺めていた。

あたりがざわついているので、いつの間にか休憩時間に入ったようだが、机の上に広げた教科書を片付ける気力も湧かない。

雪成は、たぶん教室の後ろで寝ているのだろう。「誰もいないのにいびきみたいな音がする」と、先ほどからクラスメイト達が騒いでいるからだ。

――百々塚家の屋敷で見た花枝の姿が、やはりいつ何時《なんどき》も、里穂の頭から離れない。

朱道にしてみれば、里穂の寿命は、そう遠くない未来に尽きる。もって七十年といったところか。

里穂が年を取り、どんなに老いさらばえても、朱道はあの若々しい見た目のまま生き続けるだろう。はるか昔に生まれた花枝が、そうであるように。

(あやかしと人間は、結婚するべきじゃないのかもしれない)

先代の帝の酒呑童子のときは、人間界から花嫁が来ても、飽きるなり送り返されていたらしい。酒呑童子には無数の嫁がいたそうだし、百年に一度来る人間の花嫁の寿命など、そもそもどうでもよかったに違いない。

だが、朱道は違う。

まっすぐな彼は里穂以外を嫁に迎えないだろうし、里穂が死してもなお、想い続けてくれるだろう。それがどんなに悲しくて虚《むな》しいことか分からないほど、里穂は愚かではなかった。

「里穂、どうしたの？　ぼーっとして」

悶々と考え込んでいると、亜香里の声がした。

いつの間にか机の前にいて、心配そうに里穂を見ている。

「なんか元気なくない？　悩みごと？」

気の利く亜香里は、いつだって里穂の異変に気づいてくれるのだ。

「うん……」

「よかったら相談に乗るよ」

優しく促《うなが》され、里穂は重い口を開いた。

あやかしは、人間の何倍も長く生きること。そして里穂が死んだあと、朱道に寂しい思いをさせてしまうこと。

「そっか。あやかしって、長生きなのね。朱道様っていったい何歳なの？」

「はっきりとは知らないけど、百歳は超えてると思う。それでも、あやかしの中では若いみたい」

「百歳？　そんなにいってたんだ！」

亜香里は驚いたあとで「難しい問題だね」と首を傾《かし》げる。

「うーん。よく分からないけど、とりあえず、朱道様は里穂のことを大切にしてくれているから、そんなことはどうでもいいんじゃない？　それに、そんな悩みを打ち明けたところで、朱道様が里穂を手放すとは思えない。だから結婚する以外の選択肢はないんだよ」

里穂を励ますように、亜香里がにっこりと笑った。

たしかに、亜香里の言うとおりだ。寿命差について話したところで、朱道が怯むとは思えない。そもそも聡い彼のことだ、そんなことはすでに百も承知だろう。

押し黙った里穂の背中を、亜香里が後押しするようにポンと叩く。

「今が幸せならそれでいいんだよ」

明るい亜香里の声に、里穂は戸惑いながらも頷いた。

「ねえねえ。次の音楽、亜香里と里穂も一緒に行こうよ」

そこで、クラスメイトが話に割り込んでくる。すぐに数人の女子に囲まれ、話は強制的に終了した。

だが里穂だけは、楽しげな会話の声が飛び交う中で、ひとり浮かない気持ちでいた。

（今が幸せならそれでいい？　本当にそうかしら？）

花枝を見ていない亜香里は、知らないのだ。

何百年も喪服を着続け、話すことも笑うことも忘れてしまった、彼女の孤独を。人間と結婚したがために、悲しみを抱えて生きることを余儀なくされた、あやかしの成れの果ての姿を。

里穂はぼんやりとしたまま、周りに流されるように教室を出て音楽室に向かう。

だが途中で、肝心の教科書がないことに気づいた。ぼうっとしていたため、準備し忘れたようだ。

「ごめん、教科書を忘れたみたい。取りに戻るね」

隣を歩く亜香里に告げる。

「分かった。もうすぐチャイム鳴るから、急いだ方がいいよ」

亜香里達と別れ、教室へ向かう。たしかに、授業が始まるまであまり時間がないため、普通に戻っていたら間に合わないかもしれない。

里穂は渡り廊下を通らずに、上靴のまま中庭を突っ切ることにした。そうすればかなりのショートカットになり、短時間で行き来できる。

昼休憩も終わりかけのこの時間、中庭にはほとんど人がいなかった。

芝生を早足で歩いていると、とある木の前を通りかかった。先ほどまで里穂が教室から見ていた、あの桜の木だ。五月の風に吹かれ、サワサワと心地よさげな葉音を奏でている。

——『椿って、五ヶ月くらい花を咲かせるらしいですよ。咲いたかと思えばすぐに散ってしまう桜とは、ずいぶん違うと思いませんか？』

涼介の言葉が頭の中に蘇《よみがえ》り、自ずと足が止まった。

里穂がすぐに散ってしまう桜なら、朱道は長く咲き続ける椿だ。

開花期の異なるふたつの花が、同時に花を咲かせる期間は、ごくわずかである。

それこそ、季節が瞬《まばた》きをする程度の一瞬の出来事だ。

（朱道様は、私と結婚しない方が幸せになれるんじゃないかしら）

ついに、考えまいとしていたそんな思いに行きついてしまった。

自分がいなくなったとて、強くて美しい朱道には、数多《あまた》の花嫁希望者が現れるだろう。

彼は、里穂以外は愛せないと言うかもしれない。だが、年月を経るに従い、心変わりをする可能性だってある。とても悲しいことだけど、その方が朱道のためになるのなら――


目が潤んで、泣きそうになった。

胸がいっぱいで、これ以上歩けそうもない。

早く教室に戻らないと、次の授業に間に合わないのに……

どうにか力を振り絞り、足を進めたとき、突如視界がぐらりと傾いた。

しっかりと前を見ずに歩いたせいで、桜の木の根っこに足を取られたようだ。

「きゃ……っ！」

反射的に目をぎゅっと閉じたときのことだった。

ガシッと腕を掴まれ、体を引き起こされる。

後ろから駆けてきた何者かに助けられたようだ。

「おい、何やってんだよ！　危ないだろ！」

次の瞬間、里穂の耳に届いたのは、背筋をぞっとさせるあの声だった。

振り返ると、焦った顔をした煌がいる。こんな普通の人のような顔をした彼を見るのは初めてだった。

人前での天使のような柔和な顔か、里穂だけに見せる醜悪な顔以外、知らなかったから。

里穂は煌を見つめたまま固まった。

この状況が理解できない。彼には罵《ののし》られたり、あざ笑われたり、花菱家にいた頃から陰湿ないびりばかり受けてきた。

そんな彼に助けられるなんて、悪い夢でも見ているかのようだ。

続けて煌が、里穂の目を見ないまま、たどたどしく言い訳じみたことを言う。

「窓から見てたら、お前が早足で歩いているのが見えて、馬鹿だから絶対に転ぶと思って……」

（まさか、心配してくれたの？）

いったいどういう風の吹き回しだろう？

煌が何を考えているのかまったく分からず、里穂は身構えた。

彼は里穂をとことんまで蔑《さげす》み、嫌っている。そのうえ里穂は、彼の父親があやかし界の監獄に送られるきっかけを作った憎き相手でもある。

だから、無視をされたり、罵《ののし》られたりするならまだ分かる。

だが、こんな風に助けられる理由は何ひとつない。

（反省して、心を入れ替えたのかしら？）

一瞬だけそんな考えが脳裏をよぎったが、すぐにそんなわけがないと思い直した。

なにせ、あの煌である。

親切の裏にたくらみがあると考えるのが妥当だろう。

「……大丈夫だから」

里穂は、そう答えるのが精いっぱいだった。とにかく腕を放してもらいたくて、一歩後ずさる。

すると突然、煌がハッとしたように榛色《はしばみいろ》の瞳を見開いた。

里穂の腕を捕らえたままの自分の手を見つめ、息を呑む。それからものすごい勢いで里穂の腕を投げ出すと、顔を真っ赤にして、逃げるようにその場から立ち去った。

（いったい何なの？）

煌の態度の変化の理由が分からなくて、気味が悪い。

授業が始まっても、心ここにあらずの状態が続いた。

彼のことは、もちろん好きになれない。

だが転びそうになった里穂を助け起こした手つきは、思いがけないほど優しくて……

そのせいか、モヤモヤとした気持ちがなかなか消えてくれない。

そしてぼんやりとしたまま、いつしか放課後を迎えていた。

その日迎えに来た朱道は、ひどく難しげな顔をしていた。

「いや～。姿が見えていないのに、僕の気配に勘づいている子、けっこういるんですよ～。見えないのにモテるって、すごくありません？」

勘違いでしかないうぬぼれを口にする雪成に、いつものように『うるさい』と突っ込むこともせずに押し黙っている。

（どうなさったのかしら）

案の定、御殿に戻ってすぐ、彼の自室に呼ばれた。

「話がある」

真顔でそんなことを言われ、朱道の真向かいに座った里穂は、背筋を伸ばす。

（まさか、雪成さんのことがバレたんじゃ……）

「しばらく、学校を休め」

するとは思わぬことを言われ、里穂はきょとんとした。

「……え？　どうしてですか？」

「失踪事件はいまだ続いている。しばらく解決する見込みもない。お前を目の届かないところに置きたくはない」

「でも、雪成さんがいるではないですか」

「あいつのことは信頼しているが、頼りない部分も多々ある。お前を任せるには不安が残る」

（それはまあ、当たってるけど……。今日もずっと寝てたし）

とにかく、秘密がバレたわけではないようだ。

里穂の学校生活は今、かなり充実している。小・中といびられるだけの日々を送ってきた里穂にとって、初めての経験だった。だから休めと言われると、躊躇《ちゅうちょ》してしまう。

それに、大好きな亜香里に会えなくなるのもつらい。

（でも、今は麗奈がいないから、亜香里がひどい目にあう心配はないわ）

そもそも、再び学校に通いたいと願ったのは、里穂の代わりに亜香里が麗奈にいびられるのを懸念してのことだった。その点では、もう問題ない。

（朱道様はそれほどまで、私のことを心配してくださっているのね）

これ以上、自分のことで彼をやきもきさせたくなくて――

「分かりました。学校は、明日からお休みします」

里穂は静かに答えると、朱道に向かって深く頭を下げた。

翌日から、里穂は学校に行かなくなった。

さらには朱道から外出も禁止されてしまう。

特にすることもないので、以前と同じく、御殿にて子守りをして過ごすようになった。

およそ、一週間が過ぎた頃。

「りほさま、〝がっこう〟は行かなくていいのかにゃ？」

いつも子守をしている畳の部屋で、猫又の女の子に不思議そうに問われる。

「うん、しばらくお休みすることになったの」

「それはうれしいにゃ～！」

膝《ひざ》の上にぴょんっと乗ってきた猫又の子を、ぎゅっと抱きしめる。猫又の子は、二本の尻尾をゆらゆらさせて喜んでいた。

「あぁっ、ずるいブー！　おいらも抱っこしてほしいブー！」

「次はぼくだぞ！」

すぐに豚吉と三つ目の男の子がやってきて、里穂の取り合いが始まった。

里穂にとって、子供達と過ごす日々は楽しい。だが学校に行きたいという気持ちは、やはり心にくすぶっていた。

（亜香里、心配してないかな）

いまだ、亜香里に休む理由を伝えていないのが気がかりだ。

「そういえば、りほさま。このごろ、お熱はだいじょうぶなのかにゃ？」

猫又の子が、里穂を見上げて無邪気に聞いてくる。

つい最近まで、惚気《のろけ》の才の影響でことあるごとに寝込んでいたので、心配してくれたのだろう。

幼い心遣いに心がほんわかとして、里穂は猫又の子の頭を撫《な》でながら、優しく答えた。

「ええ。朱道様がよく効く薬をくださったから、もう大丈夫なの」

朱道が南方の薬屋に用意させた薬は、本当によく効いた。

少々苦いのが難点だが、一日一回服用するだけで、体調を崩すことがまったくなくなったのである。

里穂のために必死に情報を集め、手ずから薬を手に入れてくれた朱道に、感謝せずにはいられない。

「それはよかったにゃ。朱道さまは、りほさまがだーい好きなのにゃ」

「そうね……」

向けられた猫又の子のあどけない笑顔に、里穂の胸が軋《きし》む。

里穂に対する朱道の愛情は、とてつもなく大きい。

だが今は、それを嬉しいとも、おこがましいとも思えなくなっていた。

彼の愛情を感じるたびに、ただひたすら気持ちが沈んでしまう。

なぜなら、いつか必ず彼を苦しめるのが、分かっているから――

ある朝。

朝餉《あさげ》が終わったあと、子供達に会いに廊下を歩んでいると、耳をつんざくような子供の泣き声がした。

慌てて部屋に行くと、三つ目の子が、棒立ちになって泣きわめいている。

「うわーん！　うわーん！」

「どうしたの？」

「にゃにゃ子とけんかしたブー。たいへんだったんだブー」

三つの目からドバドバと涙を溢《あふ》れさせている三つ目の子の隣で、困り顔の豚吉が言う。にゃにゃ子とは、猫又の女の子の名前である。

「うわーん！　にゃにゃ子がわるいんだ！　冗談のつもりで、にゃにゃ子の魚のぬいぐるみをこっそり隠しただけなのにっ！　本気になって、ぽかすか殴るなんて……！」

「分かったわ、ひとまず落ち着いて」

里穂は三つ目の子の背中をトントンと優しく叩き、興奮を静めようとした。

三つ目の子は次第に落ち着いてきたようで、ひっくひっくとしゃくり上げるような泣き方に変わっていく。

「ちょっとからかってやろうと思っただけなんだ。まさかあんなに怒るなんて……」

「にゃにゃ子ちゃんは、冗談だとは思えなかったんじゃないかな。いじわるされたと思っちゃったのね」

「うん……」

三つの目に反省の色を浮かべた三つ目の子の頭を、里穂はよしよしと撫《な》でてやる。

子供は純粋で素直で打算がなくて、本当にかわいい。

「それで、にゃにゃ子ちゃんはどこに行ったの？」

「怒って、そこから出て行ったんだブー！」

豚吉が、短い手で縁側の向こうを指し示した。

里穂は、縁側から庭を見渡した。どこにも見当たらないから、庭を抜けて、本殿の外に出てしまったのだろう。御殿の敷地内には数々の建物が立ち並んでいて、ひとつの街のようになっている。

（大丈夫かしら？　御殿の中って広いから、迷子になってないといいけど）

里穂はその足で縁側から庭に出て、本殿を離れ、猫又の子を捜すことにした。

敷地内をあちこち尋ね歩いていると、鶏舎で三足鶏に餌《えさ》を撒いていた女あやかしに、思わぬことを告げられる。

「猫又の女の子なら、ついさっき、そこから外に出ていってしまいましたよ」

敷地の端にある鶏舎の裏には、御用聞き用の扉があり、まっすぐ進むと御殿街道に繋《つな》がっている。

猫又の子がひとりで敷地の外に出てしまったと知って、里穂は青ざめた。

(早く見つけなくちゃ……！)

例の失踪事件は、子供ばかりが狙われている。猫又の子の身が危険だ。

子供の足だし、ついさっき出ていったばかりなら、すぐに見つかるかもしれない。

外出を禁止されているので躊躇《ちゅうちょ》したが、捜さないという選択肢はなかった。こうしている間にも猫又の子が遠くに行ってしまうかもしれないので、朱道に相談している時間もない。

里穂は女あやかしに礼を言うと、罪悪感を覚えつつも、急いで御殿の外に出た。

白群青色《びゃくぐんじょういろ》の空の下に伸びた御殿街道は、今日も不落不落の明かりに照らされている。

あやかし界随一の繁華街とあって、今日もあやかし達でにぎわっていた。

「にゃにゃ子ちゃ～ん！」

里穂は声を上げながら猫又の子を捜したが、あやかしだらけで、とてもではないが見つかりそうにない。

「モフン！　モフッ、モフッ！」

すると里穂の懐《ふところ》から、モジャがモフッと飛び出した。どうやら、手分けして捜してやると言っているようだ。

「ありがとう、モジャ！　お願いしていい？」

「モッフッフー！」

ぴょんぴょんと跳ね、誇らしげに鳴くと、すぐにモジャは道の向こうに、見えなくなった。

（どうしよう。どこを捜したらいいのかしら）

子供の行きそうなところを頭の中で考え、とりあえず目についた飴屋に寄ってみる。

唐紅《からくれない》色、梔子《くちなし》色、露草《つゆくさ》色。店の前には色とりどりの飴を入れた硝子《ガラス》瓶がズラリと並んでいる。大きな秤《はかり》が置いてあるので、量り売りタイプの店なのだろう。犬の頭を持つ店主が、店先に置いた竹椅子に腰かけ、暇そうにあくびをしていた。

「あの、すみません。猫又の女の子を、この辺で見ませんでしたか？」

里穂が声をかけると、寝ぼけ眼《まなこ》でこちらを見た店主が目を見開き、顔を青くする。

そのまま逃げるように店の奥に引っ込んでしまったものだから、里穂はポカンとした。

無視されたというより、怯えられたような感じだ。

(私、そんなに怖い顔してたかしら)

首を捻りながら、ひとまず飴屋を離れ、別の店を当たることにする。

そして気づいた。通りを歩いていると、不自然に里穂から離れる者がいることに。

こちらを見て、ヒソヒソと耳打ちし合っている者。

まるで里穂の視線からさえぎるように、子供を背中に隠す者。

ざわざわとした胸騒ぎを覚えながらも、里穂は猫又の子を捜し続ける。

そのうち、いつも着物をあつらえてもらっている呉服屋にたどり着いた。

朱道が事あるごとに里穂の着物を仕立てようとするので、ここの女店主とは、今ではすっかり顔なじみである。

猫又の子のことを尋ねようと思い、里穂は暖簾《のれん》をくぐった。

壁に設置された棚には、地味なものから派手なものまで、さまざまな反物がズラリと並んでいる。花模様や龍模様などの縫製済みの着物も、いくつか衣文掛けに展示され、店内を華やかにしていた。

「あの、すみません」

声をかけると、帳場の奥から、たまねぎ頭の女主人が顔を出す。

里穂を見るなり、いつもは満面の笑みを見せる女主人が、露骨に顔をこわばらせた。

「——あら、里穂様。おひとりですか？」

「はい。あの、子供を捜しているんです。猫又の女の子、このあたりで見ませんでしたか？」

「猫又の女の子ですか？　存じ上げませんけど——」

女主人がいぶかしむような目で里穂を見る。

「いなくなったのですか？」

「はい。けど、つい先ほどのことなので、まだそんなに遠くには行っていないと思うんです」

「そうですか。——里穂様は、本当に居場所をご存じないのですか？」

「え？　あ、はい。見当もつかなくて……」

いつもは好意的な女主人なのに、今日はどことなく距離を感じた。どうも様子がおかしい。女主人が、里穂に引き攣《つ》った笑みを向けてくる。

「ごめんなさい、所用がございますので、これにて失礼いたします。見かけたら連絡を差し上げますわね」

「はい、お願いいたします」

話もそこそこに、女主人は逃げるように奥に引っ込んでしまった。呆然としたまま、里穂はひとり店内に取り残される。

（私、何かしたかしら）

知らぬ者から不親切にされるならまだしも、親しい間柄の彼女によそよそしい態度を取られるのは傷ついた。

肩を落としつつ呉服屋を出て、とぼとぼと街道を行く。その間も、すれ違うあやかし達から、じわじわと敵意の視線を感じた。

「見て、里穂様よ。今日もお綺麗ね」

「見かけに騙《だま》されるな。目を合わせてはならんぞ、人間は信用するに値しない」

「りほさまだ～！」

「こらっ、近づいちゃダメよ！　何をされるか分かったもんじゃない」

いったい何がどうして、こんなにも嫌われてしまったのだろう。

ついこの間、十六夜《いざよい》祭りの夜には、皆が友好的な態度を示してくれたのに。

「帝も物好きだ。人間を嫁に迎えるなど」

「使い捨てならまだしも、他に后《きさき》は娶《めと》るつもりがないそうじゃないか」

「人間を大事になどするから、人間界との均衡が崩れたのじゃ」

「朱道様のことも信用ならないわ。酒呑童子様の方が、まだ信用できたわね」

悪意のある声を耳にして、ズキンズキンと胸が痛む。それはやがて、里穂の心に深く刻まれた過去の傷を呼び起こした。

──『何その恰好、みすぼらしい。花菱家の恥だわ』

──『淫乱の最低女。麗奈がかわいそう』

──『おい害虫、そこどけろよ』

「ハ……ッ！」

動悸がして、里穂は思わず足を止め、胸を押さえた。

背中にびっしり汗が浮かんでいる。

無数の敵の中に、ひとり放り込まれたかのような感覚になっていた。

この感覚には、覚えがある。

花菱家で暮らしていた頃、四六時中苛《さいな》まれていた、あの底なしの劣等感に似ていた。

朱道が里穂のすべてを認め、包み込むようにして愛してくれたおかげで、癒えたはずの古傷。

だが敵意と嫌悪に取り囲まれている今は、愛されていること自体が夢だったのかもしれないという焦燥に駆られる。

自分など本来、ちっぽけで、誰にも必要とされない、蔑《さげす》まれて当然の存在なのだから――

（ダメよ、しっかりしなきゃ）

里穂はどうにか息を整え、気持ちを奮い立たせようとした。

自分の悪いところは、心の弱さだと、今ではわきまえている。だからこそ酒呑童子につけ込まれ、朱道を危険に晒す羽目になったのだ。

心を強く持とうとしていると、ぴょんっと肩に重みがかかった。

「モフ～ッ！」

モジャだ。

相変わらずのモフモフ具合に、すさんでいた心が癒される。

「モフッ！　モフッ」

モジャはニコニコしながら、見ろと言わんばかりに、背後に体を向けた。

「りほさま〜！」

振り返った里穂の目に飛び込んできたのは、通りを走ってくる、猫又の子の姿だった。

泣いていたのか、涙で顔がボロボロだ。里穂は目を見開くと、急いで猫又の子に駆け寄り、小さな体をきつく抱きしめる。

「にゃにゃ子ちゃん！　心配したのよ、どこにいたの？」

「ごめんなさいにゃ。迷子になって困ってたら、モジャが来てくれたのにゃ」

「モフ〜ッ！」

里穂の肩から猫又の子の頭に飛び移り、得意げにモフモフと跳ねるモジャ。

大活躍のモジャを、里穂はよしよしと撫《な》でてやった。

「モジャ、ありがとう。本当に助かったわ」

「モッフッフ〜！」

それから里穂は、改めて猫又の子の顔をまじまじと見つめる。潤んだ大きな瞳が、心底ホッとしたように、里穂を見上げていた。

遠くに行ってしまう前に、見つかってよかった。

「三つ目に嫌なことをされたから、困らせようと思っただけなんにゃ。迷子になるつもりなんかなかったにゃ」

グスンと鼻をすすりながら、猫又の子が言う。

「いいのよ。三つ目くんも、にゃにゃ子ちゃんに嫌な思いをさせてしまったって、反省してたわ」

「本当かにゃ？　でも、わたしも叩いちゃったから……」

二本の尻尾をダランと下げて落ち込む猫又の子。

里穂は膝《ひざ》を折ると、猫又の子の肩に優しく手を添えた。

「間違いは、誰にだってあるわ。反省して、その気持ちを相手に伝えて、もうしなければ大丈夫。きっと、また仲良くなれるから」

微笑みとともにそう告げると、猫又の子が、陽光が差したようにじわじわと表情を明るくした。そしてヒゲの生えた口元をにへらとさせて、無邪気に笑う。

「わかった、そうするにゃ。へへ、りほさまだーいすきにゃ」

そう言って、猫又の子がぎゅっと里穂にしがみつく。

小さな温もりが、傷心の里穂の体を見る間に温めた。

悪意を向けられ、くじけそうになっていた心がホロリと溶解していく。

里穂の目に、知らず知らず涙が浮かんでいた。

「りほさま、どうしたにゃ？　どこか痛いかにゃ？」

突然涙顔になった里穂を、猫又の子が心配そうに見ている。里穂は泣きながら、緩やかにかぶりを振った。

「ううん、なんでもないの。私もにゃにゃ子ちゃんのこと、大好きと思っただけよ」

「わーい、うれしいにゃ」

猫又の子が、声を弾《はず》ませる。

里穂はそんな猫又の子を胸に閉じ込め、そのまましばらく、声を出さずに泣いていた。

猫又の子が御殿に戻ると、帰りを待ちわびていた三つ目の子が、魚のぬいぐるみを隠したことを泣きながら謝ってきた。猫又の子も、痛い思いをさせたことを、ぎこちなくもきちんと謝る。

かくして子供達は和解し、豚吉を含めた仲良し三人組に平和が訪れた。

しかし、御殿街道で感じた、よそよそしいあやかしの態度は、いつまでも里穂を落ち込ませた。

――『帝も物好きだ。人間を嫁に迎えるなど』

とりわけ、どこぞのあやかしが放ったその一言が、耳にこびりついて離れない。

つい先日まで親しみを込めて話しかけてくれたあやかし達が、突然敵意を見せるに至った経緯がまったく分からなかった。もしかすると、里穂が知らなかっただけで、そういった考えはずっとくすぶっていたのかもしれない。

そもそも、三百年前に互いに距離をとった異種族のことだ。すんなり受け入れてもらえると考える方が、誤りなのだろう。

自分は朱道の嫁にはふさわしくないのではないかという思いは、よりいっそう、里穂の胸の内で膨らんでいった。

「祝言の日取りが決まった」

だから寝る前、寝所で朱道にそう報告されたとき、里穂は怖気づいた。

動揺を悟られないよう喉で押し殺し、「そうですか」と一言返すにとどめる。

薄ぼんやりとした行燈《あんどん》の光の中、朱道は胡坐《あぐら》を掻《か》き、端整な顔に幸せそうな笑みをのせていた。

その姿を直視できず、寝具を整えるフリをして背を向ける。

「どうした？　元気がないようだが」

朱道が、背中からふわりと里穂を抱きしめてきた。

彼の大きな温もりが、愛しくて、愛しくて――今は果てしなく遠く感じる。

「ちょっと、緊張してしまって……」

「怯むことはない。何があろうと俺がそばにいる」

冷酷無残と思われがちな彼が、里穂にだけはこうやって惜しむことなく愛を囁いてくれることすら、今は重荷に感じてしまう。

「この世の何よりも大事にすると誓おう」

「朱道様……」

里穂の頭の中に、百々塚家の屋敷で見た季節外れの桜が再び浮かんだ。

もう何年も家族を偲《しの》ぶ黒い衣をまとい、縁側にポツンと座って、ただひたすら桜の枯れ木を見守っている花枝。

それが、人間に置き去りにされたあやかしの末路だった。とっくに消えてしまった伴侶をどんなに恋《こ》い慕おうと、悲しみと虚《むな》しさしか生まれない。

（朱道様を、ひとりにするなんて）

かつての戦で多くの者を殺《あや》め、罪悪感から悪夢にうなされていた彼の姿を思い出す。彼はその剛健な見た目の裏に、硝子《ガラス》のような繊細さを秘めている。

そう遠くない未来、里穂がいなくなってしまったら、どうなるのだろう。

悲しみに暮れ、気力を失い、虚無の日々を過ごすのではないだろうか。あやかし界屈指の賢帝だったことが、幻だったかのように――

その予見は、昼に御殿街道で向けられた敵意の目とともに、里穂の胸に重くのしかかる。

これまで、里穂を必要としてくれる彼のために、嫁としてふさわしくあるよう頑張ってきた。どんな体調不良も、不慣れな花嫁修業も、彼に愛されている自信がある限り平気に思えた。

（本当に、祝言を挙げてもいいのかしら）

愛している自信はある。愛されている自信もある。

だがどんなに愛が深かろうと、その道が正しいとは言い切れない。

朱道の温もりを背に感じながら、里穂はどんどん複雑な気持ちの中に落ちていくのだった。

自分は朱道の嫁にはふさわしくない。

それは分かっているのに、里穂はなかなか動き出せなかった。

ようやく見つけた居場所を失うのが怖かったのだ。

意気地のない自分に嫌気が差しながらも、結局何ひとつ行動できないまま、御殿での日々が過ぎていく。

だがそうこうしているうちに、事態が深刻化した。

御殿で働く下男下女達が、御殿街道で会ったあやかしのように、里穂に冷たい態度を取るようになったのである。

面と向かって悪態をつくことはないが、こちらを見てヒソヒソと耳打ちしたり、露骨に避けてきたり、まるで御殿に来てすぐの頃に戻ったかのようだ。

（なぜ、こんなにも嫌われてしまったのかしら）

あやかし達の態度の変化を感じるたびに、里穂は心がひび割れるような、耐えがたい苦痛を受けていた。

「モフ～ン」

そんなとき、決まってモジャは、里穂の頭や肩に乗ってくる。そして里穂を慰《なぐさ》めるかのように、優しい声で鳴くのだ。賢い子だから、里穂の孤独に寄り添おうとしているのだろう。

「優しいのね、モジャ」

「モフ～、モフ～」

『元気出して、僕は味方だよ』

そう言っているかのように、頬にすり寄るモジャ。

肌に触れる小さなモフモフの感触は、今にも壊れそうな里穂の心を、いつも勇気づけてくれた。どんなに冷たくされても、やはりここにいたいと思ってしまう。

出ていかなければならないという気持ちと、出ていきたくないという気持ち。

ふたつの相反する思いを抱えながら、里穂は悶々と毎日を過ごした。

だが、そんな里穂の迷いを一掃する決定的な出来事が訪れる。


ある朝、いつものように子供達の子守りをしに部屋に向かうと、普段は賑やかな室内がやけに静かだった。

襖《ふすま》を開けると、いつもきゃぴきゃぴと遊んでいる猫又の子と三つ目の子がいない。

豚吉だけが、隅の方でポツンと駒遊びをしている。

「豚吉くん、おはよう。他のふたりは？」

里穂は、つまらなそうな顔をしている豚吉の隣に座った。

「来ないって言ってたブー」

「どうして？」

具合でも悪いのかと、心配になる里穂。

すると豚吉が、心底不思議そうな顔で里穂を見た。

「人間は悪ものなの？　悪ものの人間とは遊んじゃだめって、にゃにゃ子と三つ目のお母さんが言ってたブー」

心臓が止まるかと思った。

豚吉は無垢《むく》な目で、続けざまに聞いてくる。

「りほさまも人間だから、悪ものなの？」

「それは……」

なんと答えていいか分からなかった。

もちろん、里穂はあやかしに敵意はない。それどころか、みじめな自分を受け入れてくれた彼らに、人間よりもずっと親しみを感じている。

それでも、その思いは彼らに伝わらない。御殿街道で会ったあやかし達、御殿の下男や下女、そしてついには猫又の子と三つ目の子の母親にまで、嫌われてしまったようだ。

言葉を詰まらせ、今にも泣きそうになりながら豚吉を見つめていると、背後で襖《ふすま》が開く音がした。

「こらっ、豚吉！　里穂様になんてことを言うの！」

豚吉の母親である。たまたま廊下を通りかかって、先ほどの会話を耳にしたのだろう。

素早く豚吉のもとに足を運んだ彼女が、「めっ」というように、息子に向かって眉を吊り上げた。

「ごめん、かあちゃん」と豚吉はたじたじになっている。

豚吉の母親は、里穂があやかし界に来て間もなくから、とても親切だった。着物を着つけてくれたり、御殿での暮らしに助言をくれたり、今となってはこの世界で一番頼れる女友達だと思っている。

豚吉の母親はすぐに里穂に向き直ると、深く頭を下げた。

「愚息が失礼なことを言って、申し訳ございません」

「そんな、大丈夫です……！　豚吉くんは、誰かに聞いた話をそのまま口にしているだけでしょうし」

どうして突然皆が里穂を避けるようになったのか分からない。それでも、なんとなく分かったこともある。里穂もしくは人間に対する敵意が、何かをきっかけに、あやかしの間に広まったということだ。

「あの、豚吉くんのお母さん。どうして他のふたりの子供達は、今日ここに来なかったんでしょう？　豚吉くんが言うには、ふたりのお母さんが私とは遊んじゃダメって言ってたって……」

あやかしに敵意を向けられるようになってから、いったい何があったのか、ずっと知りたいと思っていた。だが朱道には心配をかけたくなくて、聞く気になれなかった。

雪成に聞くことも、朱道に報告が行く可能性が高く、憚《はばか》られた。

だが豚吉の母親にならば、気兼ねがない。親切な彼女は、きっと教えてくれるだろう。

豚吉の母親は、目に見えてつらそうな顔をした。

それから廊下の方をちらりと見ると、里穂の耳元に口を寄せ、ヒソヒソ声で話し出す。

「少し前から、とある噂が流れているのです。この頃はどこに行ってもその話題で持ちきりで……。ふたりのお母さん方もその噂を耳にしたから、ここに子供を連れてくるのをためらったのだと思います」

「とある噂、ですか？」

「ええ」

申し訳なさそうに眉根を寄せると、豚吉の母親がますます声を潜めた。

「最近、南の方で失踪事件が相次いでいるんです。いなくなるのは子供ばかりで、その犯人が、人間なのではないかという噂が広まっていまして……。そのため、人間の里穂様を警戒するあやかしが増えたのです。あやかし界で、里穂様は有名ですから……」

衝撃のあまり、里穂は一瞬呼吸を忘れた。

その事件のことなら、里穂ももちろん知っている。それゆえ、里穂もさらわれるのではないかと朱道が危惧して、学校はおろか外出も禁止されているのだ。

それが、まさかの自分と同じ人間が犯人として疑われているなんて。

（朱道様はご存じなのかしら？）

おそらく、自ら失踪現場に調査に行った朱道は知っていただろう。知ったうえで、黙っていたのだ。里穂を傷つけたくないから……。

そもそも御殿から出ないよう念を押されていたのも、里穂がさらわれるのを危惧していたのではなく、表に出ればあやかし達に敵意の目を向けられるのが分かっていたからかもしれない。

――『目を合わせてはならんぞ、人間は信用するに値しない』

――『人間を大事になどするから、人間界との均衡が崩れたのじゃ』

こうやって真実を知った今となっては、あのとき耳にした声の意味をはっきり理解できる。

「ですが里穂様、私はあなたのことを怖いなんてまったく思いません。たとえ人間が犯人だったとしても、里穂様は里穂様です。私は、あなたが親切で優しい方だということを知っていますから」

顔色をなくし、言葉を失っていると、豚吉の母親がそう言った。

優しい目で微笑まれると、胸が苦しくなる。

「豚吉くんのお母さん……」

彼女の言うとおりなのかもしれない。

たとえ誘拐事件の犯人が人間でも、里穂はあやかしに敵意など抱いていないし、無関係なのだから気にしなくていいのかもしれない。

だがあやかしの多くが、里穂のことを人間というひとつの枠で見て、嫌悪感を抱いているのはたしかだった。そしてその憎むべき人間を嫁に迎えようとしている朱道に対する反感も、着実に育っている。

花枝の孤独な姿が、霞《かすみ》のように脳裏をよぎる。

――あやかしと人間は、ともには生きられない。

寿命の差もあるが、そもそも、かつて反発し合った異種族間のこと。

ともに生きれば、必ずまた諍《いさか》いが起こる。

たくさんの者が悲しみ、怒《いか》り、そしてともに生きる道を選んだことを後悔するだろう。

そんな考えに行き着いたとき、フッと心が軽くなった気がした。

だからだろうか。自分でも驚くほど自然に、豚吉の母親に向かって微笑むことができていた。

「分かりました。教えてくれてありがとうございます」

「里穂様……。いつかはほとぼりが冷めると思いますから、あまりお気になさらないでくださいね」

「はい」

心は軽いのに、気は重い。

里穂は、この世界が大好きだからだ。

そして朱道のことも、心の底から愛している。

だが、愛しているからこそ一緒にいられない道もある。

意気地のない己をひた隠しにして、強さを見せなければいけないときもある。

自分の決意を確かめるように、里穂は膝《ひざ》の上で、固く拳を握りしめた。

※

政所《まんどころ》にある部屋にて、朱道は各方面から寄せられた大量の報告書に、目を通していた。

小さな事件はあるが、おおむね平和である。ただひとつ気がかりなのは、例の連続失踪事件だ。

（これほどまで手がかりがないとは）

現場に人間の匂いは残っているものの、その他の手がかりはいっさいなかった。

そもそも人間は、簡単にあやかし界には来られない。いったいどこから入って子供をさらい、どこに消えていったというのか。

しかも、相手は異能を持たない人間である。不可思議なことだらけだ。

ちょうどそこで、窓からバサバサという大きな羽音が近づいてくる。

失踪事件の捜査を任せている鴉天狗だった。

鴉天狗は窓から部屋に入ると、ゆっくりと羽を羽ばたかせ、畳に膝《ひざ》をつく。それから、文机《ふづくえ》の前に座る朱道に向かって深く頭を下げた。

「新たな報告か？」

「はい。事件に直接関わる事柄ではございませんが、主上にお伝えした方がいいと思いまして」

「何かあったのか？」

「此度《こたび》の事件の犯人が人間だという噂が、もはや知らぬ者がいないほど御殿街道に広まっています。里穂様を后《きさき》に望まない声も、日に日に増えているようです。噂が御殿内に広がるのも時間の問題でしょう。ひょっとすると、もうすでに広まっているかもしれません」

「――噂の広がりがいやに速いな」

懸念していたことが、現実になってしまったようだ。

（心ないことを口にして、彼女を傷つける者がいたら、厳しく罰してやる）

無論、御殿中を敵に回してでも、彼女を守り抜くつもりだ。

（大丈夫だ、心配ない）

彼女は何も悪くない。事件に解決の兆《きざ》しがなくとも、辛抱強く過ごしていれば、あやかし達はいずれ彼女の気立てのよさに気がつき、真実を悟るだろう。里穂はそういう温かみのある女だ。

（それよりも――）

里穂と祝言を挙げるにあたり、懸念すべきことが、もうひとつあった。

事件の波紋は一過性のものに過ぎないが、こちらは永遠の問題であり、朱道はより深刻に考えている。

報告を終えて飛び去った鴉天狗と入れ替わるようにして、今度は蛙のあやかしの医者が部屋にやってきた。

朱道はこの医者に、日に一度の里穂の診察と報告を義務づけていた。

「里穂の様子はどうだ？」

「やはり顔色が優れぬようでございます。熱は出ていないので、以前に比べると落ち着いてはおられますが、惚気《のろけ》の才の影響が疑われます」

「例の薬が効いていないということか」

「効いてはいますが、完璧ではないのかと。里穂様は我慢できる範囲であれば気丈に振る舞われますので、本音が聞き出せないのが難点でして」

「――そうか」

低い声で、朱道は答えた。

腕利きの薬屋に調合させたあの薬も、やはりダメだったということか。

(この先この世界で暮らしていくために、完璧に効く薬を用意してやらねば)

朱道は唇を噛みしめた。

惚気《のろけ》の才の悪影響は、あやかしが多いあやかし界でのみ生じる。朱道の嫁となりこの世界に住む里穂は、この先惚気《のろけ》の才の悪影響を受け続けなければならない。それが彼女にとってどれほど過酷なことか、朱道は痛いほど分かっている。

熱に浮かされ、数日寝込む彼女を何度も見てきた。ふらついて倒れそうになったり、つらそうに息をしていたり。惚気《のろけ》の才を持つ彼女の苦しみは、あやかし界にいる限り、終わることなく続くのだ。

（本当は、この世界で暮らさない方がいいのだろう）

どんな香や薬もなかなか効果を示さない。頼みの綱だった例の薬も、今の報告によると効果が怪しい。

それでも、彼女を手放し、人間界に戻す選択肢はない。

彼女がこの世界で安心して暮らせる方法を模索し続けるつもりだ。

そうは思うものの、己の我儘《わがまま》で里穂を苦しめている現状に、朱道は時折深い罪悪感を覚えるのだった。

※

豚吉の母親に話を聞いた日の夕方、里穂は自室で荷物をまとめようとした。

だがすぐに、持っていくものなど何もないと気づく。

あやかし界に来たときも、白くて簡素な着物を一枚着ていただけで、荷物などなかった。簞笥《たんす》の奥深くにしまっているその着物を、わざわざ引っ張り出す気にもなれない。

「モフ～？」

里穂の様子がおかしいことに気づいたのか、モジャが心配そうに眼玉《めだま》をきょろきょろさせている。

里穂は何も言わずに、ぎゅっとモジャを抱きしめた。モジャは、愛玩用妖怪として人気の高い毛羽毛現の子供だ。その愛くるしさから、この頃は御殿のマスコット的な存在になっている。里穂がいなくても、誰かにかわいがってもらえるのは分かっていた。

だがそのことを口にしたら、モジャは、こっそり懐《ふところ》に忍び込んでついてくるだろう。賢いモジャは、いつだって里穂を助けてくれるからだ。

「大好きよ、モジャ」

別れの言葉を口にする代わりに、里穂はそう言って、モジャのもふもふの毛を繰り返し撫《な》でた。「モフ～ン」と掌《てのひら》にすり寄っているモジャは、里穂があやかし界を出ていこうとしていることに、気づいていないようだ。

そうこうしているうちに、夕餉《ゆうげ》の支度ができたと下女に呼ばれた。

朱道の部屋へと向かいながら、どうしたら彼が里穂を手放してくれるかを繰り返し考える。

真実を言っても、彼は首を縦には振らないだろう。豚吉の母親と同じく、人間とはいえ、里穂と事件は無関係だと言って。

だから、それではダメなのだ。

朱道自身が、里穂を手放したくなるよう、仕向けなければならない。

朱道の部屋に隣接している彼専用の食事処で、訪れを待つ。

朱色の漆《うるし》の膳の上には、すでに小鉢がいくつか並んでいた。雲丹《うに》と松茸の茶碗蒸し、山菜と骸海月《むくろくらげ》の和え物、赤い巨大魚の御造り。

御殿の食事は見たことがないものばかりだったが、どれも美味だった。おかげでこの世界に来たときは棒きれのようだった体も、多少ふくよかになったように思う。それでも、痩せているからしっかり食えと、朱道に繰り返し言われ続けているのだが。

そんな日々の出来事が、もう懐かしく思えてくる。

やがて、襖《ふすま》が開いて朱道が姿を現した。

藍染《あいぞ》めの着物をスラリと着こなす、見上げるほど大きな体躯。人間とは異なる者であることを物語る、突き出たまがまがしい角。そして何よりも、見る者を釘づけにする、烈火のごとく赤い髪と赤い瞳――

美しい彼の容姿には、何度でも見惚れてしまう。

一緒にいればいるほど、新たな美しさに気づいて、ますます目が離せなくなるのだ。

それも今宵《こよい》までのことと思うと、胸が痛い。

だが、もう覚悟は決まっている。

里穂がこのままここにいても、彼を幸せにはできない。

「どうした？　じっと見て」

口の端を上げて、凛々《りり》しい笑みを浮かべる朱道。

「いいえ、何でもございません」

「そうか。だが、お前に見られるのは嬉しい。他の者なら蹴り倒すところだが」

最近ますます濃厚になってきた彼の惚気《のろけ》も、今は胸に重く響いた。

「そろそろ祝言の準備を本格的にせねばなるまい。着物を作らせるから、呉服屋を明日御殿に呼ぼうと考えている」

互いに食事を終えた頃、朱道がそう告げた。

（今しかないわ……）

彼を裏切るようで一瞬罪悪感が芽生えたものの、里穂は怯まずに言葉を振り絞る。

「あの、そのことなんですが……。祝言を、取りやめにはできませんか？」

優しい笑みを浮かべていた朱道の顔が、あっという間に凍りついた。

「――何を言っている？」

しばしの間のあと、唸《うな》るように発せられた彼の声は、里穂が今まで耳にしたことがないような凄みがあった。

「ずっと、重荷だったのです。帝という尊い立場にいる、あなたの妻となることが」

里穂の声は人よりも小さいはずなのに、静まり返った部屋に、今はやけに響いた。

じっと、食い入るように里穂を見つめる朱道。

鈍い光を宿した赤い瞳は、静かな怒《いか》りをたたえているようにも見える。

「噂を耳にしたか？　あの失踪事件の犯人が、人間なのではないかという」

（……！）

いきなり言い当てられ、里穂は息を呑んだ。

「危惧していたが、やはりそうだったか」

里穂の変化を読み取った朱道が、表情を和らげる。

「気にすることはない。お前はお前だ。俺は、お前の優しさと内に秘めた強さを知っている。もちろん、お前があやかしを傷つけるような女ではないということも」

朱道の言葉に、決意を固めた心が揺らぎかけた。

だがここで流されてしまえば、すべてがふりだしに戻ってしまう。

問題は、それだけではないのだ。

(私は、ずっとあなたのそばにはいられない。そう遠くない未来に、あなたを置き去りにして、悲しませてしまう)

里穂とともに過ごした時間よりも、里穂がいなくなってからの時間の方が、きっとはるかに長い。何十回、何百回と、桜が咲き、そして散り、人間界で生きる者がそっくり入れ替わっても、朱道はこの世界で生き続けるのだ。

とっくに骸《むくろ》となってしまったみじめな女に、気高き心を奪われたまま――

「……違います、そうではありません。原因は、この異能です」

朱道の表情が変わった。

「――惚気《のろけ》の才か?」

里穂は黙って頷いた。彼が惚気《のろけ》の才の悪影響を、何よりも心配してくれているのは知っている。それゆえあらゆる書物を読み、医者を呼び、自ら赴いて偏屈と評判の薬屋と交渉した。

「せっかく薬を用意してくださったのですが、惚気《のろけ》の才の悪影響は、今も治っていません。ずっと秘密にしてきましたが、本当は、日々苦しい思いをしています」

実際は南方で彼が手に入れてくれた薬で改善しているのだが、目を伏せ、口から出まかせを告げた。

分かっていたのだ。惚気《のろけ》の才のせいにすれば、彼の心がもっとも揺らぐと。

里穂を心から大事に思ってくれている朱道は、無理強いなどしない。すぐに身を引いて、里穂の幸せを願ってくれるだろうと。

案の定、朱道は意表をつかれたように固まっている。

「あやかし界にいる限り、この苦しみからは逃れられなくて、つらかったのです。人間界にいると症状はなくなりますから、戻りたいのです」

里穂が惚気《のろけ》の才の影響で熱に浮かされているとき、朱道は布団脇で手を握り、できる限り付き添ってくれた。大丈夫だと励ましつつも、その目はいつも心もとなさげに揺れていた。

そのうえ、酒呑童子がすさまじい執着をもって手中に収めようとした里穂の異能に、朱道は頓着していない。それどころか、里穂を苦しめる災厄として、疎《うと》んですらいた。

里穂が楽になれるならそのような力はいらないと、真の力を抑制する副作用のある薬を、ためらわず渡してきたほどに。

里穂は、そんな彼の優しさを逆手に取ったのだ。

朱道はすっかり押し黙ってしまった。

里穂は心を押し殺して、はっきりととどめの言葉を口にする。

「私にこんな苦しい思いをさせてまであやかし界に留めようとするあなたのことも、好ましいとは思えなくなりました」

声にしたとたん、心が砕けたような音がした。

まったく本心ではないからだ。

ふたりだけの部屋に、研ぎ澄まされたかのような静寂が訪れる。

永遠に続くのではないかと思うほど、静かな時間だった。

うつむき、唇を引き結んでいる朱道を見ているだけで、胸が張り裂けそうだ。

彼が里穂の体調を気遣い、必死の思いで奔走してきたのを知っているから……。

「どこに行くつもりだ？」

ようやく彼の声が聞けたのは、かなりあとのこと。

「亜香里のところに行くつもりです。亜香里の家族もとても親切ですし、もう花菱家に怯える必要もありませんから」

「――俺のことを愛していると言ったのは、偽りか？」

そう言って、里穂を真っ向から捉えた朱の瞳。

赤々と燃えたぎる一方で、背筋が凍るような冷酷さも孕《はら》んでいる。

彼のそのような目が里穂に向けられるのは久しぶりで、喉元が震えると同時に、今さらのように思い知らされた。

彼こそが、あやかし界の頂点に君臨する、泣く子も黙る恐ろしい鬼だということを。

震える背筋を懸命に伸ばし、里穂は堂々と言い放つ。

「偽りではございません。たしかにそう思っていました。ですが、それももう過去のこと。人間の心はあやかしよりも移ろいやすいのです」

そして、命の期限も短い。

椿が五ヶ月もの間花を咲かせるのに対し、桜はあっという間に散ってしまうと、涼介は言っていた。

赤々と燃える椿の花の上で、桜が散っては消えていったあの光景を思い出し、切なさに胸がぎゅっと疼《うず》く。

里穂が桜なら、朱道は椿だ。

あっという間に桜が散り、儚《はかな》く消えようと、いつまでも咲き誇る生命力に満ちた花。

朱道は畳に立膝《たてひざ》をついた姿勢で、斜め下を見つめている。燃える瞳の奥に、絶望に似た悲しみの色が浮かんでいた。

彼の繊細な心が、里穂の不用意な言葉で傷ついてしまったのは明白だった。

「分かった、止めはしない。お前が楽になれるなら」

泣いているような声がした。

彼の顔を見るのが怖くて、里穂は、視線を背けるように深々と頭を下げる。

「……今まで、本当にありがとうございました」

そして彼の方を一切見ないようにして、部屋をあとにした。

里穂はその足で、御殿を離れることにした。

そんな里穂に容赦なく、廊下のあちこちから、あやかしの下男や下女が興味本位の視線を送ってくる。

「帝はいつ彼女を見限るのだ」

「子供達に何かあってからでは遅いわ。早くどうにかしていただきたい」

「よくもまあ、平気な顔で御殿の中を歩けたものだ」

ヒソヒソとした悪意の声が、耳にまとわりついて離れない。

あからさまな敵意から逃げるようにして、里穂は早足で廊下を抜けた。

裏口から出て、白群青色《びゃくぐんじょういろ》の空の下、石燈籠《いしどうろう》が等間隔に並ぶ道を、人間界に通じる社殿を目指して歩いていく。

すると後ろから、「里穂さ～ん！」という大きな声が追いかけてきた。

雪成だ。

「待ってくださいよ！　出ていくって本当ですかっ⁉」

よほど急いだのだろう。雪成は、里穂の前に回り込んで足を止め、ゼハゼハと荒い息を吐く。

「主上に何を言われたのですかっ⁉　あんなに溺愛してるのに、主上が里穂さんを手放すなんて、どう考えても解《げ》せません！」

「あやかし界の暮らしが嫌になったのです。ただ、それだけです」

わざと素っ気なく言うと、「はあっ⁉」と雪成が語気を荒らげる。

「里穂さんのような心の清い方が、そんなことを思うわけがないでしょう⁉　どうして嘘などつかれるのです？」

「嘘なんかじゃありません。花菱家の人達が大人しくなった今、人間界は住みよいはずです。それに、人間だからと邪険にされることもありませんから」

静かな口調で言うと、雪成が不意をつかれたような顔をした。

「邪険にって、やはり失踪事件の犯人のことで、つらい思いをなさっていたのですね。噂をしている者を見かけるたびに嫌がらせをしてやったのですが、効果がなかったか……」

ブツブツとつぶやく彼は、例の噂を知っていたらしい。人当たりのよさゆえ顔の広い彼のことである、当然といえば当然だ。

「でも、そんなこと朱道様はまったく気にしていないですし、民だって、いずれ真実を知るようになりますよ」

「それだけじゃないです。この異能のせいで、あやかし界にいると、体がつらいんです。人間界にいると健康でいられますから」

困惑したような顔で、里穂を見つめる雪成。

「でも、里穂さん――」

「もう、決めたことですから。それに朱道様も『好きにしろ』とおっしゃいましたし」

雪成の反論の声にかぶせるようにして声を放つと、里穂は彼の横をすり抜ける。

そして逃げるように社殿に入り込み、扉を閉めた。

物音ひとつしないので、雪成は里穂を追うのをあきらめたようだ。やはり、体調不良が原因というのが効いたのだろう。朱道と同じく、彼も優しい鬼だから。

真っ暗な社殿の中は、いつもと同じ木の香りがする。

しばらくじっとしていると、仄《ほの》かな暖かさを感じた。

あやかし界には気温という概念が存在しない。だから人間界に通じたのだとすぐに分かった。

人間界は今、五月の中旬。着の身着のまま飛び出した里穂にとって、一年のうちでも過ごしやすい時期だったのは幸いだった。

――キイ……。

扉を開けると、鬱蒼《うっそう》と木々の生い茂る夜の山に出た。

頭上には星が瞬《またた》き、檸檬色《レモンいろ》の月が淡く輝いている。

色々と考えてしまえば、後悔が募る気がして、里穂はあえて心を無にして山道を進んだ。

あやかし界に通ずる社殿のある山の麓《ふもと》には、一方に花菱家の屋敷、もう一方に百々塚家の屋敷が居を構えている。

亜香里の家に行くつもりの里穂は、いつも学校に行くときに通る百々塚家側の道ではなく、花菱家側の道を選んだ。

山道を下ると、やがて花菱家の屋敷が見えてきた。

呪符のような紙が大量に下げられた入口から、夜道に出る。

花菱家の敷地を取り囲む塀をぐるりと回って、里穂は亜香里の家に向かって歩き出した。

あたりには人気がなく、いつにも増して闇が深い。街灯もあまりなく、曇りがちな空に浮かぶ月だけが道しるべである。

今さらのように、目頭が熱くなってきた。

無理をしているのを悟られないよう、朱道の前でも雪成の前でも毅然《きぜん》と振る舞っていたが、いよいよ限界らしい。

「うぅ……」

気づけば里穂は、歩きながら肩を震わせて泣いていた。

朱道のそばにいられないことが、心から悲しい。

だが、自分の行動は間違っていないと思う。

朱道のために、ちっぽけな人間にすぎない自分は、身を引くのが最善の策なのだ。

声を押し殺し、涙を拭いつつ、雪駄《せった》の足でうつむくようにして歩く。しばらくするとふらついて、無様にも転んでしまった。

「いた……っ」

不運にも、足をくじいてしまったようだ。

里穂はその場に座り込み、ズキズキと痛みの走る足首を押さえて途方に暮れた。

心身ともに、立ち上がる気力が起こらない。

そのうえ、気分も優れないようだ。人間界にいるというのに、惚気《のろけ》の才の影響がまた出たのかもしれない。あやかし界を出ていく覚悟で、今日は朱道に貰った薬を飲まなかったのが災いしたのだろう。

とても、孤独だった。

あたりには人ひとり見当たらず、里穂は完全なるひとりぼっち。

──『俺の嫁は、この世で唯一美しい』

こんなときだというのに、頭の中に彼の声が蘇《よみがえ》る。

──『覚えておいてほしい。俺にとっては、帝の地位よりも、お前の方が大事だということを』

貪欲に自分を求める赤い瞳を思い出して、里穂はますます孤独に苛《さいな》まれた。

「やっぱりお前か。こんなところで何やってるんだよ?」

すると、頭上から声が降ってきた。

ぼんやりと視線を上げると、制服姿の煌が立っている。

エンブレムのついた白のシャツに、ネイビーチェックのズボン。

「煌? どうしてこんなところに……」

里穂はとたんに身構える。

こういうとき、やたらと彼に会うのはなぜだろう。

煌は里穂から視線を逸らすと、つっけんどんな口調で言った。

「窓から外を見てたら、着物姿の怪しいやつが山から出てきたから、気になっただけだ。ていうか、なんでそんなババアみたいな格好してんだよ」

煌が言うように、里穂は今、あやかし界で普段着にしている桜色の着物に鳥の子色《とりのこ》の帯を締めていた。人間界に行くのだから、制服を着れば違和感がなかったのに、気が動転していてそこまで気が回らなかったのだ。

彼にどう接していいか分からず、里穂は口を閉ざした。

少し前も、転びそうになったところを彼に助けられたばかりである。あのとき煌は、親切だったかと思えば、すぐに逃げるようにどこかに行ってしまった。それなのにまた、まるで心配しているかのように話しかけてくるなんて、本当にわけが分からない。

「ちょっと、いろいろ事情があって……」

戸惑いつつ、里穂はしどろもどろに答える。

彼のことは以前ほど恐れていないが、心を許したわけでもない。学校ですれ違うだけの当たり障りのない関係を、この先も続けていきたいと思っていたのに。

里穂はうつむき、立ち上がろうとした。だが足首にズキッと痛みが走り、少し腰を浮かせただけで顔をゆがめてしまう。

「――いっ」

「怪我してるのか？」

煌が里穂の様子をうかがうようにしゃがみ込み、心配そうな顔をする。

彼のそういった表情には違和感があって、里穂は驚きのあまり目を見開いた。

麗奈と同じく見た目のいい煌は、学校では『天使』ともてはやされている。だが里穂の前では、悪態をついたり、蔑《さげす》むような態度をとったり、性悪な本性を隠そうとはしなかったのに。

「ちょっと待ってろ」

里穂が足首を押さえているのを見て、煌がその場を立ち去る。

やがて花菱家の屋敷の方から再び姿を現した彼の手には、湿布《しっぷ》が握られていた。

何も言わずに、傷ついた里穂の足首に湿布《しっぷ》を貼り始める煌。

目の前で起こっていることが信じられなくて、里穂は呆然とするしかなかった。

「……煌。何してるの？」

「何って、ここ捻ったんだろ？　早いうちにこうしといた方がいい」

「……」

目の前にいる彼は、いったいどこの誰なのだろう？

とてもではないが、里穂に会うたびに醜悪に顔をゆがめ、あざ笑ったあの煌とは思えなかった。

どう考えても、裏があるとしか考えられない。ドクンドクンと、心臓が不穏に鳴り出した。とはいえ傷ついた足首の手当てをしてくれたのは、疑いようのない事実である。

「……ありが、とう」

たどたどしく礼を言うと、「いや」と煌が仄《ほの》かに顔を赤くした。

重い沈黙が、ふたりの間に落ちる。

その後も煌が態度を豹変させる様子はない。彼が親切心で里穂に寄り添ってくれているのが分かり、戸惑う。

「――家出か？」

やがて眉をひそめた彼に、ポンとそう問われた。

里穂はつい、分かりやすく表情を変えてしまう。

何か言い返したいのに、何も言えずにうつむいた。

すると煌が、またしても驚きの言葉を発する。

「行くところ、あるのか？」

里穂は顔を上げて、今度こそまじまじと煌を見つめてしまった。顔を赤くして、視線を合わせないまま、彼は里穂の返事を待っているようだ。

「ええと……」

亜香里のところへ——そう言いかけたとき、ふと煌の足先が目に留まる。

煌は今、学校指定の黒のローファーを履いていた。

その絶妙な光沢には痛いほど見覚えがあって、かつて味わった、なんともいえない苦い味が喉元に込み上げる。ヒイヒイと笑う煌の声が、耳に蘇《よみがえ》った。

——『本当に舐めてやがる、きったねー』

とたんに里穂は顔面蒼白になり、息をするのすら忘れそうになる。

かつてのトラウマと今の体調不良がひとつになって、心身を襲った。

「どうした？」

急に凍りついたように動かなくなった里穂を見て、煌が不審げな声を出す。

里穂の視線を辿った煌が、己の足先に目をやり、ハッと身をすくませた。かつての記憶を、彼も思い浮かべたのだろう。

「ごめんなさい……」

里穂はふらつきながら立ち上がると、いまだに痛む足を引きずって、彼から離れようとした。だが先ほどよりも平衡感覚がつかめず、歩くこともままならない。

この感じは、やはり覚えがある。惚気《のろけ》の才の影響だ。

（どうしてこんなときに……）

どうにか歩こうとするものの、意識が朦朧《もうろう》としてきて、次第に頭が白に染まっていった。膝《ひざ》から崩れ落ち、ぐらりと傾いた直後、星の散らばる夜空が一瞬だけ視界に映る。

「――おい、大丈夫かよ⁉」

心配そうな煌の声が響いたが、気のせいだったのかもしれない。

空の色が大好きなあやかし界の白群青色《びゃくぐんじょういろ》でないことを、心のどこかで嘆きながら、里穂は意識を手放した。

※

急に倒れかかってきた里穂を、煌は慌てて腕で抱き留めた。

青白い顔でぐったりとしている彼女は、すでに意識を手放している。

「どうしたんだ、急に……」

困惑気味に里穂に呼びかけるものの、反応はない。足の捻挫が原因で、こんなことにはならないだろう。もともと体調がよくなかったのかもしれない。

どうしたものか、と煌はない知恵を振り絞る。まさか意識を失った彼女を、夜道にほっぽりだすわけにもいかない。かといっていまだ彼女に静かな敵対意識を抱いている母と姉がいる自宅に、連れ帰るわけにもいかない。

煌は途方に暮れたまま、しばらくその場にとどまっていた。

腕の中にいる里穂は、見た目よりもずっと華奢《きゃしゃ》な骨格をしている。

ハッとするほど白い首筋を見ていると、無性に胸がドキドキした。見てはいけないもののような気がして、自ずと視線を逸らしてしまう。

（女子って、こんなに軽いもんなんだな。いや、こいつが特別軽いのか）

ふと、花菱家で暮らしていたときの彼女の様子を思い出した。

里穂は煌や麗奈とは食卓をともにすることを許されず、台所の片隅で質素な食事ばかりを与えられていた。少量の米に魚、それに何かの残り物といったところだ。

花菱家にいたときよりも今は幾分か肉がついて女らしくなったものの、心配になるほど華奢《きゃしゃ》なのは、そういった食育環境が原因だろう。

「……」

亀裂が入ったかのように胸が痛む。

あの頃の自分は、里穂が虐げられ、日々酷使されているのを、当たり前のように思っていた。

うっぷんが溜まったとき、彼女を陰でいびるのは、至福の喜びだった。彼女を誰よりも傷つけ苦しめることこそが、自分の生きがいだとすら思っていた。

だが今は、思い出しただけでも己の所業に吐き気がする。

心境に変化が訪れたのは、以前、学校をサボって時間をつぶしていた裏山で、彼女に再会したときだ。赤い髪の男の腕の中にいる彼女は、見たこともないほど安心しきった顔をしていた。

なぜだかそのとき、無性にイライラした。

自分の知らない彼女の表情が、他の男の手によって導き出されたのを腹立たしく思ったのだ。

自分がこれからどうしたいのかは、よく分からない。

ただ、前とは違った形で、彼女と関わり合えたらとは思っている。

できれば、彼女の安心した顔を少しでも見たいと。

だが里穂が自分に嫌悪を抱いているのは、痛いほど感じている。どんなに行動を改めようと、里穂の中で、醜《みにく》い過去の自分は消えてはくれない。

「くそ……っ！」

どこに向けたものなのか分からない悪態を、闇雲に吐く。

直後、エンジン音を響かせながら近づいてきた黒塗りの車が、目前で停車した。

中から出てきたのは、ブラックスーツに身を包んだ見知らぬ男だ。柔らかそうな黒髪に、涼しげな目元。清涼感に溢《あふ》れていて、匂い立つような気品を感じる。

明らかに自分達を狙って現れた只者ではない雰囲気の男に、警戒心を抱かずにはいられない。煌は男をきつく睨み据えた。

「誰だよ、あんた」

すると男が、煌に向けてうっすらと微笑んだ。

「百々塚涼介と申します」

「百々塚――？」

その名の意味を知って、煌は怯んだ。日本社会を裏で牛耳っているとまで噂される百々塚家は、花菱家よりも格上だ。それから里穂が今、籍を置いている家でもある。つまり彼は里穂の、戸籍上の親類ということになるのだろう。

「彼女を迎えに来ました。約束していたのです」

「約束？」

涼介の言葉に、煌は違和感を覚える。

先ほどの彼女は、明らかに落ち込んでいて、まるで家出のような雰囲気だった。

どう考えても、誰かと約束をしている風には見えなかった。

「――本当ですか？」

彼女を抱く腕に力を込め、いぶかしげに問うと、涼介が片眉を吊り上げる。

それから落ち着いた口調で問い返してきた。

「嘘だとしても、あなたにそれを咎める権利がありますか？」

物静かだが、密かな軽蔑を込めた声だった。

直後、金縛りにあったかのように、煌の体が動かなくなる。

（なんだ、これ）

自分の体調不良が原因ではないのは分かった。何かしらの外からの圧力で、動きを封じられている。

涼介は、自分の意思では動けなくなった煌から、いともたやすく里穂を奪い取った。

そして大事そうに横抱きにし、車の中へと消えていく。

静かなエンジン音を響かせながら車が遠ざかると、張りつめた糸が切れたかのように、体がもとに戻った。

「あいつ、なんなんだ……」

シャツに染みができるほど、背中が汗で湿っている。

強烈な胸騒ぎを覚えた煌は、ふらつきながら立ち上がると、大急ぎで花菱家に戻った。

第三章　選ばれし娘

『いいか。お前の命は二の次だ。百々塚の家に生まれた者にとって、もっとも大事なのはあやかし様をお守りすることだ』

涼介は幼い頃から、父に繰り返しそう言われて育った。

あやかしは従うもの、かしずくもの、尊ぶべきもの。

百々塚家の子供は、代々そういった考えを刷り込まれる。もう千年以上も前に百々塚家が窮地に陥《おちい》ったとき、あやかしの帝に救われて以来、ずっとそうやって存続してきたからだ。

たしかに、異能を操るあやかしは強い。

寿命も長く、人間よりはるかに格上だと言っていいだろう。

だが、涼介は納得できなかった。

なぜなら、彼も幼い頃から異能を使えたからだ。

気づいたのは、五歳の頃だった。

念じるだけで、近くにあった庭石を浮遊させることができたのだ。

だがその様子を見た家人は、顔面蒼白になり悲鳴を上げた。とりわけ奇異の目を向けてきたのが、母親だった。

そういった周りの変化から、涼介は、異能を使えるのは人間にとって普通ではないのだと思い知った。

自分は選ばれし人間だったのだ。

年齢を重ねるにつれ、使える異能はどんどん増えていった。おそらくその辺のあやかしよりも、涼介の方がよほど能力に恵まれているだろう。

それなのにどうして、あやかしに頭を下げ、下僕然として振る舞わなければならないのか。

子供の頃に生まれた疑問が膨れ上がっていくのに、時間はかからなかった。

目的の屋敷にたどり着くと、涼介は里穂を横抱きにしたまま車を降りた。

敷地に入ったところで門の方に向き直り、手をかざして念を込めた。頭の中でイメージした屈強な格子を、掌《てのひら》から具現化させる。

ジャキン！　という甲高い音があたりに響く。これでこの屋敷全体が、結界の中にすっぽり収まった。

あやかしの追手が来ようものなら、見えない結界に弾かれ、即座に気を失うだろう。

ひと息つくと、涼介は里穂の体を抱え直し、敷地の奥へ進んでいった。

この屋敷にはもともと、花枝と、彼女の世話をする老女しか住んでいない。祖父が亡くなったのを機に涼介の所有となり、この屋敷に関しては、どう扱おうが彼の勝手だった。

涼介の歩調に合わせ、ゆらゆらと、里穂の艶《つや》やかな黒髪が揺れている。

その横を、時季外れの桜の花びらが舞っていた。

また、花枝の悪戯《いたずら》だろう。涼介は花枝のいる離れにちらりと視線を向けた後、母屋となる屋敷に入っていった。

進む先にある襖《ふすま》が、スッスッと音を立て、次々と開いていく。この程度の異能を使うくらいは、日常茶飯事だ。

ただし、人前では使わないように気をつけている。

その危険については、異能によって母親との距離が開いた五歳のとき、早くも学んだ。

里穂があやかしの帝のもとから逃げ出すのは、想定済みだった。

涼介自身がそうなるよう画策し、仕向けたからだ。

彼女の心は、哀れなほどに弱くて脆《もろ》い。

だが涼介にとって、それは好都合でもあった。

彼女の心の弱さにつけ入ることができたからだ。

日本庭園に面した和室に着くと、敷いてあった布団に里穂を寝かせた。

彼女は今、苦悶の表情で、寝息をたてている。

その様子を見守りながら、涼介は過去に思いを馳せた。

あれは、自分の能力に気づいて間もなくのこと。

本宅の庭にある池で錦鯉に餌《えさ》をやっていたとき、突如水面が黒く濁って、長い黒髪の男が映し出された。

揺らぐ水面に映る、にょっきりと突き出た角に、冷徹な瞳。

幼いながらに本物の鬼だと気づくのに、時間はかからなかった。

《私の姿を見ながらも、平然としているとは。さすがは、人間でありながら異能に恵まれた者》

藤色の瞳が、妖しく細められる。

おそらく、かなり高位のあやかしと思われた。だが、どす黒くて危険な空気をまとっている。

《童《わらわ》よ、覚えておけ。百々塚家の使命は、いつ何時もあやかしに従うことだ。お前の先祖も私に従順だった》

涼介は表情ひとつ変えずに、じっと池の中の男を見つめる。

《今の帝はまがい物、私こそが本物の帝だ。死ぬまでに必ず私を救うのだ。異能を持つお前にならできる》

『救うって、どこから？』

《呪枝山《じゅしやま》だ》

そのとき家人の呼び声がして、一瞬だけ涼介は後ろを振り返った。

向き直ったとき、水面から男の姿は消えていた。

その後も涼介は、その男の姿をしばしば見るようになる。彼はまるで白昼夢のように、ふとしたときに現れては消えた。

授業中、なんとなく窓の外を見たとき。街中で、ショーウインドウに目を向けたとき。閑散とした道で、水たまりに視線を落としたとき。

いつだって彼は、毒々しい彼岸花《ひがんばな》が描かれた黒と紫の着物を身にまとい、射るように涼介を見つめていた。

ようやく彼の正体を知ったのは、中学に入ったばかりの頃である。父から、百々塚の家に生まれた者の使命として、あやかし界の歴史を学んだのがきっかけだった。

酒呑童子。長らくあやかし界の帝として君臨していた、名だたる鬼。

涼介が生まれるよりも前に、血気盛んな若い鬼と争いごとを起こし、呪枝山に封印されたらしい。

封印されながらも妖力を操り、涼介に接触を試みたようだ。自分が彼の姿を見ることができたのは、異能を持っているがゆえだろう。

『……フハッ』

涼介は、父の見ていないところで、噴き出さずにはいられなかった。

敗れて封印されておきながら、人間に救いを求めるなど笑止千万。

百々塚の血が流れる者なら救ってくれると考えたのかもしれないが、涼介はそのときすでに確固たる信念を築き上げていた。

――百々塚家は、あやかしと対等の立場として、生まれ変わるべきだ。

千年近く、下僕同然の扱いを受けているなど情けない。かつての恩はとっくに返したというのに、いつまでもこうやっていいように利用されるのは解せない。

自分に異能が備わっているのは、そういった役目を担《にな》っているからだと信じていた。

そうでないと、異能ゆえに苦しい思いをした過去が報われない。

それ以来涼介は、霞《かすみ》のように現れる酒呑童子には、目もくれなくなった。

やがて酒呑童子は、涼介の前にいっさい姿を見せなくなった。

涼介は、漆黒の瞳を細め、熱のこもった視線で里穂を見つめた。

見れば見るほど、より近くに置きたいという想いが募るのは、涼介の中に眠るあやかしの血が原因だろう。惚気《のろけ》の才は、あやかしの男を惹きつける力を持っているからだ。

手を伸ばし、彼女の艶《つや》やかな黒髪に触れる。指どおりのよい、柔らかな髪だ。

少女っぽさは抜け切っていないが、彼女のことを美しいと思う。

「これでようやく、俺のものだ」

彼女は、惚気《のろけ》の才という特異能力を持っている。

百々塚家の立場を向上させるために、里穂の存在は鍵となるだろう。

だが今生《こんじょう》の帝から、力ずくで奪うことはできないのは目に見えていた。

惚気《のろけ》の才の真の力を発動するほど、彼は里穂に愛されているからである。

伝説と呼ばれる惚気《のろけ》の才――その力が発動されたのは、はるか昔、初代あやかしの帝の御代以来だ。

まずは里穂と知り合う機会を作るために、あやかしの女に体《てい》のいい話を持ちかけ、数日行方をくらまさせて雪成を追い払った。

それから、里穂を花枝に会わせて、あやかしと人間の婚姻の末路を教えた。単純に物事を考えそうな彼女であれば、朱道との未来に絶望すると思ったからだ。

さらに、あやかし界で続いていた失踪事件の犯人が、人間だという噂を流した。そもそも、その犯人も涼介自身である。

そして見事、彼女の弱い心はあやかしの帝との決別に向かい、煙であぶり出されるかのように、ひとり人間界に戻ってきたというわけだ。

手に取るように、思いどおりに動いてくれる少女である。

きっと、朱道のことを忘れるのも時間の問題だろう。

この年頃の少女の気持ちが扱いやすいのを、したたかに生きてきた涼介は、すでに心得ている。

「大丈夫だ。ここにいれば、異形の者のことなどすぐに忘れる」

※

「う……ん」

唸《うな》りながら瞼《まぶた》を開けると、木目の天井が目に映る。

どこかで見たような天井だと思った。だがそれがどこだか、まったく思い出せない。

ふと人の気配を感じて、視線を移動させる。知っている男が、布団の脇で、心配そうにこちらを見ていた。

涼しげな目元をした、整った顔立ちの黒髪の男である。

「百々塚さん……？」

「おや、目を覚まされたようですね」

ホッとしたような顔をする涼介。

里穂は体を起こし、ゆっくりとあたりを見回した。鹿威《ししおど》しが音を奏でる風流な日本庭園を目《ま》の当たりにし、記憶が戻る。ここは、以前に涼介に連れてこられた、百々塚家の屋敷だ。

「あの、私……」

自らの意思で朱道と決別し、あやかし界を出ていったまでは覚えている。

そうだ。それから路上で煌に会って、人間界にいるというのに、不運にも惚気《のろけ》の才の悪影響が出てしまって――

「仕事帰りに、たまたま路上で倒れていたあなたを見つけて、この屋敷までお連れしたのですよ」

「路上で倒れていた……？　誰か、一緒ではありませんでしたか？」

「いいえ、おひとりでした」

ということは、気を失うなり、煌に放り出されたということか。

里穂は、内心複雑だった。

彼ならそうするだろうと納得する思いの中に、本当に彼がそんなことをするだろうかという思いが入り混じっている。煌への嫌悪感はまだまだ拭えないが、捻った足の手当てをしてくれたとき、たしかに優しかったから。

「どうされました？」

「あ……いいえ。二度も助けていただいて、本当にありがとうございます」

物思いにふけっていたところに声をかけられ、里穂は我に返る。

涼介が優美に微笑んだ。

「百々塚家の人間として、当然のことをしたまでです。礼には及びません。あなたは、あやかしの帝の花嫁となられる特別な御方だ」

彼のその言葉に、胸がズキリとする。

迷ったが、思い切って真実を伝えることにした。

「その……もう違うのです」

「違う？　どういうことですか？」

「私は、朱道様とは結婚しません。お別れして、人間界に戻ってきたところなんです」

言いながら、後ろめたい思いが込み上げる。

彼は、あやかしに忠誠を誓っている身。それなのに、もはやあやかしとは何の繋《つな》がりもなくなった里穂を、助ける義理はないのだ。

「そうでしたか」

涼介は、感情の読み取れない声で、そう答えただけだった。

里穂を助けたことを後悔しているのか、それとも気を遣ってあえて詳細を聞かないでいてくれるのか、定かではない。とにかく、突如訪れた沈黙が怖かった。

だがしばらくすると、彼が予想外のセリフを口にする。

「では、ここにいるといいでしょう」

え、と里穂は顔を上げた。微笑を浮かべた端整な顔と目が合う。

「それとも、行く当てはもう決まっていましたか？　まさか、あなたを生贄《いけにえ》として差し出した花菱家に戻るつもりはないでしょう？」

「はい。しばらくは友達のところに行こうかと……」

「そうですか。ですが、ご友人のところとなると、長くはいられないのでは？　ここでしたら離れに花枝さんがいるだけで、こちらの屋敷は使っていませんし、まったく問題ございませんが」

狐につままれたような気持ちで、里穂は涼介を見つめる。

この人は、ただのみじめな娘にすぎない自分に、いったい何を言っているのだろう？

「でも……。私はもう、あやかしとは何の繋《つな》がりもありませんし……」

「それは関係ございません。僕は、個人としてあなたを助けたいのです」

涼介の声には、真摯な温かみがあった。頑《かたく》なだった里穂の心が、少しずつほぐれていく。

親切なフリをして、里穂を麗奈の代わりの生贄《いけにえ》としか見ていなかった稔のことがあって以来、里穂は人を信用できなくなっていた。

だが今、不思議と彼に警戒心は抱いていない。

花菱家で里穂がいびられているのを知りつつ見て見ぬフリをしていた稔とは違い、涼介は最初からずっと親切で、偽善ぶったところがないからだろう。

とはいえ、あやかしとは何の縁もなくなった今、やはりすんなりとは受け入れがたい。

押し黙っていると、涼介が優しく言った。

「それではこうしましょう。花枝さんの話し相手になってはくれませんか？」

「花枝さんの、話し相手……？」

ええ、と涼介が頷く。

「花枝さんは、この間お教えしたとおり、今ではもう喋《しゃべ》ることはありません。いつもひとりで、孤独を感じています。世話をしている使用人も、もう年老いて、口数が少ないですしね。あなたがそばにいて語りかけてくだされば、返事はなくとも喜ぶと思うのです」

人間の夫や子供に先立たれてもなお、何百年もの間孤独の中を生きている花枝のことは、里穂もずっと気になっていた。四六時中縁側に座り、虚《うつ》ろな目でただ桜の木を見ているが、心の中は寂しさでいっぱいなのだろうとも。

「あなたは、花枝さんの話し相手として、僕と約束を交わしたからこの屋敷にいる。だから遠慮をする必要はございません。どうでしょう？」

涼介の顔をじっと見つめながら、里穂は考えた。

たしかに、彼の言うとおり、亜香里のもとにはずっといられない。泊まらせてもらうのも、一週間が限度だろう。

亜香里も彼女の家族もいくらでもいていいと言ってくれるだろうが、部屋数も少ないし、迷惑がかかる。

その点この屋敷なら、有り余るほど部屋があるだろうし、涼介がこう言ってくれているのだから、誰かに迷惑がかかる可能性も低い。

「あの、本当にいいんでしょうか……？　そうしていいのでしたら助かりますが」

「ええ、もちろん。僕としても、嬉しい限りです」

里穂の前向きな返事に、涼介がほころぶような笑みを見せた。

里穂の、新たな毎日が始まった。

いったいどこにあるのか、この屋敷は、恐ろしく静かだった。

以前この屋敷からあやかし界に通じる社殿に送ってもらったとき、それほど時間がかからなかったので、あの山とはさほど離れていないのだと思う。

となるとひどく田舎なわけでもないのだが、車の音も、人の声もしない。敷地が広いので、外の音が入りにくいのかもしれない。

広大な屋敷の中は、涼介の言うとおり、不気味なほど人の気配がなかった。

彼曰《いわ》く、ここは花枝のために建てられた屋敷で、使用人はおろか、百々塚家の人間ですら滅多に訪れることがないらしい。

花枝の世話をする白髪の老女がひとりいるが、ひどく物静かで、いるのかいないのか分からないことがある。

それでも仕事は卒なくこなし、屋敷はいつも塵《ちり》ひとつない綺麗な状態が保たれていた。彼女の用意してくれる食事も、素朴ではあるが、味に深みのある美味《おい》しい料理ばかりである。

涼介にお願いすれば学校には行かせてもらえるだろうが、今となってはあやかしとは無縁の自分が、百々塚家の厚意に甘えるのはあり得ないと思った。

だから学校には行かず、一日中この屋敷で過ごしている。

里穂は毎日、足しげく花枝のいる離れに足を運んだ。

「あの、花枝さん。金平糖を持ってきました。食べますか？」

取り出した懐紙を開き、彼女の横に置く。

色とりどりの金平糖が、縁側に降り注ぐ日差しを受けて、宝石のようにきらめいた。

「私の知っている方が、いつも持ち歩いているんです。甘いお菓子をあげたら女性が喜ぶからって、彼は言っていました」

以前、雪成から金平糖を貰ったことを思い出し、そんな話をしてみる。

いつも屈託のない笑みを浮かべている雪成の姿が頭に浮かび、連鎖するようにして、朱道を思い出していた。

朱道は、里穂のいない日々に、最初は違和感を抱くだろう。だがきっと、時が解決してくれる。

里穂とともに過ごした時間など、あやかしの彼にしてみれば、ほんの一瞬にすぎないのだから。これからの時間の方が、よほど長いのだ。

花枝は金平糖には目もくれず、相変わらずじっと、桜の枯れ木を眺めていた。

長い睫毛《まつげ》に縁どられた、猫のように大きな瞳。白い肌はみずみずしく、皺《しわ》ひとつない。

とてもではないが、何百年も生きているようには見えない。

「花枝さん、とてもお綺麗ですね」

里穂は、素直にそう口にした。

やはり、花枝の返答はない。

この屋敷に滞在するようになって、毎日のように話しかけているが、返事をもらったことは一度もなかった。といっても、それについては想定済みなので、気にしていない。

反応がなくとも、涼介の言うように、少しでも孤独な彼女の心の拠《よ》り所になれたらと思っている。

ようやく見つけた居場所を失ったばかりの里穂にとって、花枝の存在は、新たな居場所でもあった。

何年も何年も、花枝はここでこうして、春が来るたびに、桜が咲いては散っていく様子を見守っているのだろう。はるか昔に屍《しかばね》となり果てた、愛する夫や子供を想いながら。

そのことを考えるたびに、里穂は、やはり自分の選択は間違っていなかったと再認識するのだ。気が遠くなるほど長い間、朱道をひとりにはできない。

里穂が願うのは、彼の幸せただひとつ。

自分の存在は、彼の幸せに害を及ぼす。

「里穂様、こちらにいらっしゃいましたか。ご体調はいかがですか？」

すると、背後から声がした。

見ると、大量の紙袋を抱えた涼介が立っている。

里穂がこの屋敷に来てから、涼介は日に何度も顔を出すようになった。

どうやら、里穂の体調を案じての行動らしい。

人間界にいるというのに、どういうわけか、里穂の体調は優れなかった。人間界では不要と思い、朱道が苦労して手に入れてくれた薬を御殿に置いてきてしまったのは、大きな誤りだった。

結果、こうして涼介に心配をかけることになり、申し訳なく思っている。

「おかげ様で、大分いいです。ところでその荷物、どうされたんですか？」

「里穂様の洋服を買ってきました。着物ばかりで、動きづらいでしょう？」

「そんな、わざわざ……？」

この屋敷に厄介になった当初、里穂は、そのとき着ていた桜色の着物しか持っていなかった。そんな里穂に、着替えが必要だろうと、涼介は彼の母が若い頃着ていた着物を貸してくれた。

どれも高級な品物ばかりで恐縮していたが、加えて新しい洋服まで買ってくれたなど、申し訳なさすぎる。

「さあ、部屋に戻って合わせてみてください。サイズが合わなかったら、交換しますので」

恐縮する里穂には構わずに、涼介は、彼女の背中を押すようにして部屋へと向かわせた。

購入したばかりの服が、次々と取り出される。

薄い色合いのワンピースが中心の、高価そうな洋服ばかりだった。姿見の前で合わせただけだが、どれもぴったりなようだ。

「こんなことまでしていただいて、本当に申し訳ないです……」

自分はもう、百々塚家の人間である彼に、よくしてもらう義理はない。それどころか、厄介者と罵《ののし》られても仕方がないような状況なのに、涼介は変わらず親切だ。

「お気になさらないでください。僕が買いたかったから、買ったまでです。それにしても、こういった清楚なデザインは、どれも里穂様に似合いますね」

姿見の中、お嬢様風の水色のワンピースを手にした里穂の背後に、スーツ姿の涼介が立つ。鏡の中の里穂と目が合うと、彼は微笑を浮かべた。

「あなたは美しい。もっと、自分の美しさを自覚するべきだ」

里穂は、思わず赤くなってうつむいた。

どうして彼がこんなことを言うのか分からない。

里穂が美しいわけがないから、おそらく気を遣ってくれているのだろう。やはり優しい人なのだ。

「本当にありがとうございます。大事に着させていただきます。こちらは、もうお返ししますね」

箪笥《たんす》から、借りていた着物を包んだ畳紙《たとうがみ》を取り出し、彼に差し出した。

「こんなに素敵な着物を貸してくださって、心から感謝いたします。お母様にも、どうかお礼をお伝えください」

するとわずかな間を置いて、涼介が穏やかに言う。

「母はもういません。あなたに着てもらえた方が、彼女も喜ぶでしょう」

その言葉に、里穂は虚をつかれた。

きっと彼の母親は、もうこの世にいないのだ。自分の配慮のなさに、嫌気が差す。

「あの、私……」

「もう大分前の話ですから、お気になさらず」

謝ろうとした里穂を遮るように、涼介が朗らかな笑みを浮かべた。

「ですからどうぞ、このままこの部屋に置いておいてください。着物が着たい気分のときも、きっとおありでしょうから」

百々塚涼介という男は、どこを切り取っても、寸分の落ち度もない男だった。見てくれはもちろん、立ち居振る舞いも洗練されていて、言葉のひとつひとつまで研ぎ澄まされている。

そのうえ、ただの身寄りのない娘である里穂にさえ、親切で優しい。

彼は、体調の優れない里穂のために、毎日欠かさず煎じ薬を用意してくれた。朱道が手に入れてくれた薬ほどではないが、効き目はまずまずで、おかげで寝たきりにはならずに済んでいる。

またときには、里穂を庭に連れ出してくれた。

この屋敷の裏手には、見事な藤棚がある。

ちょうど藤が満開のこの時期、視界は藤紫一色に覆われて、圧巻の景色を作り上げていた。里穂はあまりの絶景に言葉を失い、呆然と藤棚の下に立ち尽くしたほどだ。

「すごく綺麗……」

「里穂様の方がお綺麗ですよ」

隣に並んだ涼介が、サラリとそんなことを言う。

相変わらずお世辞を欠かさない人である。里穂は恥じらいを感じつつも、彼のそういった態度に日に日に慣れていった。

大人の彼は、きっと、誰にでもこういったセリフを吐くのだ。

自分だけが特別なわけではない。だから、重くとらえる必要はない。

いつしか里穂は、あやかし界での十六夜《いざよい》祭りの夜を思い出していた。

似たような場面がリンクしたのだ。

――『お前の方がよほど美しい』

背中に添えられた掌《てのひら》の熱さと、優しく揺らめいた赤い瞳を、今でも鮮明に思い出せる。

あのときの胸の高鳴りも、そのあとで赤くなっていた彼の横顔も。

朱道はいつもそうだった。

砂糖水を浴びせるような甘い言葉を吐きながらも、時折思い出したように顔を赤くする。他人にそういった言葉を吐くことに慣れていないのが、そのたびによく分かった。

彼の強さや美しさよりも、ときどき垣間見せる不器用さを、里穂はたまらなく愛しく思っていた。

藤棚の下で、そっと目を閉じる。

まただ。いつも、この現象に悩まされる。

何をしても、朱道との思い出に繋《つな》げてしまうのだ。

部屋に運ばれてくる膳を見れば、食べるのが速い朱道のことを思い出す。

布団を見れば、彼の腕の中で眠る心地よさを思い出す。

夕暮れの空を見れば、燃えるように赤い彼の髪と瞳を思い出す。

どんなに彼への想いに蓋をしようとも、溢《あふ》れて止まらない。

――ああ、会いたい。

結局のところ、行き着くのは、渇望に似たその想いである。

彼と離れて暮らし、少しずつ忘れることを期待していたが、これでは逆効果だ。

どんなに時が経とうと、この想いは決して枯渇しない。

灰色の里穂の世界に、ある日突然降ってきた鮮烈な赤。

忘れることなんてできない。

彼が里穂を忘れ、新たな道を歩んだとしても、里穂の心は彼にとらわれたままなのだろう。

それでいいと思うし、一方では、それでは自分が哀れだとも思う。

一見穏やかなようだが、実際里穂は、荒波のような想いを抱えて日々を過ごしていた。


御殿を飛び出して四日目。

その日里穂は、桜模様の巾着袋を手に、花枝の離れに向かっていた。

暇つぶしに何か作ってみてはと涼介が布をくれたので、花枝のために縫ったのだ。

すると道中、一陣の風が吹き荒れ、巾着袋がさらわれてしまう。

（大変……！）

里穂は慌てて、風に乗って運ばれていく巾着袋を追いかけた。

この屋敷の敷地は、とても広い。

別邸のひとつにすぎないのに、豪邸ともてはやされていた花菱家を超える広さである。見事な藤棚だけでなく、橋の架かる広大な池や、温室まであるらしい。

主に母屋と花枝のいる離れしか行き来しかしていない里穂は、敷地内をすべて散策したわけではない。だからようやく風がやみ、巾着袋が落下したところは、里穂が今まで行ったことのない場所だった。

白塗りの壁に瓦屋根の土蔵が立ち並び、その脇に、離れが一件建っている。

花枝のいる離れよりずっと大きく、庭まであった。

敷地の中に、もうひとつこんな立派な邸宅があるなど信じがたい。百々塚家の豊かさを改めて思い知りながら、里穂はちょうど門前に落ちた巾着袋を拾いに行った。

そのとき。

――ドン！

家の中から物音がして、里穂はビクッと体をすくめる。

──キャキャキャ！

続いて、子供の笑い声のようなものまで聞こえた。

（……誰かいるのかしら？）

涼介は、この屋敷には、花枝と彼女の世話をする老女しかいないと言っていた。

だから、声がするのはおかしい。

疑問に思った里穂は、巾着袋を拾うと、家の門に近づこうとした。

「里穂様」

だがそこで、急に背中から声がかかり、またしてもビクッと肩を揺らしてしまう。

いつ来たのか、涼介が後ろに立っていた。

グレーのベストスーツをタイトに着こなし、いつもと同じ涼しげな目をしている。

「……百々塚さん、いらっしゃったのですか？」

「先ほど来たばかりです。里穂様の姿が見えないので、捜していたのですよ」

「この袋が強い風にさらわれてしまって、ここまで追いかけてきたんです。勝手にうろうろしてごめんなさい」

「いいのですよ。自分の家だと思って、遠慮なくお過ごしください」

それから涼介は、里穂が手に持っている巾着袋を、「おや」と嬉しそうに眺めた。

「昨日の布で、もう何か作られたのですか?」

「あ、はい。花枝さんに贈ろうと思いまして……」

「それは素晴らしい。一晩で作ってしまうなんて、里穂様は器用なのですね」

「いいえ、それほどでも……」

涼介の肩越しに、立ち並んだ土蔵が見える。風流な日本庭園が広がる敷地内で、この場所だけ、どこか異質な感じがした。

「それにしても、こんな場所があったのですね」

そう言葉にすると、里穂の視線を追うように、涼介も土蔵に顔を向けた。

いつも微笑を浮かべている彼の顔が、陰りを帯びていく。それから涼介は、あからさまに暗い顔をした。

急な彼の表情の変化に、里穂は違和感を覚える。

「百々塚さん、どうかされましたか? 顔色が悪いようですが、体の調子がよくないのでは……?」

すると涼介が、「そういうわけではございません」と笑った。

やはり、いつもとはどこか様子が違う。

浮かべた笑みも、なんとなく無理をしているように見えた。

「この場所に来ると、動悸がするんです」

「嫌な思い出でもあるのですか？」

「ええ。昔、あの土蔵の中に閉じ込められたことがありましてね」

涼介が、目を伏せながら言う。

「まるで子供のようなことを言ってお恥ずかしい。けれど子供の頃のトラウマというものは、厄介なことに、大人になっても消えないのですよ」

そう言って苦笑した涼介の顔が、妙に痛々しくて。

彼の心の悲鳴に呼応するように、里穂自身の過去が、彼の過去に重なった。

「それは……よく分かります。私にも、そういった経験がありますので」

もっとも、里穂の場合は土蔵ではなく、倉庫だったが。

食事の準備が遅かった、みすぼらしい恰好をしていた、麗奈より前を歩いた――そんな些細《ささい》な理由で、仕置きという名のもと、幾度も閉じ込められた経験がある。

あの頃の声にならない悲痛な思いを、今でもはっきりと思い出す。

「暗くて不安で……。とてもつらかったです」

――なぜ、自分はこうもダメなのか。どうして失敗ばかりするのか。

そんな嘆きを、暗闇の中で、延々と繰り返していた。

まるで世界からひとりだけ取り残されてしまったような深い孤独は、里穂も忘れることができない。

彼らしくない不安げな表情を浮かべている涼介に、里穂は優しく微笑んでみせた。

「そういったつらい体験は、覚えていて当然です。恥ずかしいことではないと思います」

涼介の漆黒の瞳が、わずかに揺らぐ。

(でも、朱道様に出会ってから、あの頃の自分も愛せるようになったんだわ)

里穂のすべてを包み込んでくれるような熱い眼差《まなざ》しに見つめられていると、そんな消したい過去ですら、尊いものに思えてきたから不思議だ。

里穂の弱さも、みじめさも、すべてをひっくるめて彼は愛してくれた。

彼に出会う前は、自分は恥ずべき存在だと思っていた。

出会った直後は、恥ずかしい過去を消したかった。

だが彼に愛を囁かれる毎日の中で、あの過去があったからこそ、彼に愛される今の自分がいるのだと考え方を変えるようになった。

──会いたい。

とどのつまり、行き着くのは、やはりその想いだ。

そして涼介と話すうち、里穂は、あの離れから聞こえた物音や声のことをいつの間にか忘れてしまっていた。

惚気《のろけ》の才の影響による体調不良は、なかなか改善しなかった。

それから二日が過ぎた頃、ついに里穂は寝床から動けなくなってしまう。

涼介が用意する煎じ薬が、まったく効かなくなってしまったのだ。

しかもここは人間界だというのに、熱まで出る始末。

「里穂様。調子はいかがでしょうか？」

そんな里穂の様子を心配してか、涼介はその日一日、屋敷に滞在していた。使用人の老女に任せずに自らが動いて、里穂の様子を見に来たり、粥を持ってきてくれたりしている。

百々塚家の御曹司ともあろう彼にそんなことをさせるのが忍びなくて、里穂は恐縮するばかりだった。

「ごめんなさい、すっかり迷惑をかけてしまって……」

「お気になさらないでください。僕は少しも苦に思っていませんから」

涼介はいつもの落ち着いた笑みを浮かべると、すっかり氷が溶けてしまった里穂の氷囊《ひょうのう》を替えてくれた。

「まさか、人間界でこれほど悪化するとは思っていなかったんです」

「人間界では、悪化しにくいものなのですか？」

「異性のあやかしから向けられる想いが原因で悪影響を及ぼすらしいので、そう思ってたんですけど……。少し前からおかしかったんです」

たしか、涼介が車内で倒れた里穂をこの屋敷で休ませてくれた、あの頃からだ。

「そうですか。ひょっとすると、僕のせいかもしれませんね」

すると涼介が、深刻な顔でそんなことを言う。

彼が何を言っているのか理解できず、里穂は目を瞬《またた》かせた。

「どうして百々塚さんのせいになるのですか？」

「あなたに好意を寄せていますから。あやかしの花枝さんを祖先に持つ僕も、あやかしの異性として、惚気《のろけ》の才に影響を与える力があるのでしょう」

それから、どことなく熱を孕《はら》んだ眼差しを向けられる。

（私に好意を……？）

一瞬呼吸を忘れかけたが、里穂はすぐに正気に戻った。

あやうく間違った解釈をしてしまうところだった。

彼のような非の打ちどころのない男性が、異性として里穂を意識しているなどあり得ない。

優しい人だから、冗談を言って、里穂の気持ちを和らげようとしてくれたのだろう。

「それは、ありがとうございます」

彼の冗談に合わせるように、微笑を浮かべる。体がしんどくて、わずかに微笑むくらいが限界だったが。

涼介は、黙ってそんな里穂を見つめているだけだった。

数日後、ようやく熱が下がると、里穂は久々に花枝に会いに行くことにした。

母屋を離れ、水色の空の下、花枝のいる離れを目指す。

「うわーん！」

そのとき、遠くから子供の泣き声がした。

養護施設にいたときは、年下の子の相手をよくしていたし、御殿にいるときも毎日のようにあやかしの子供達と接してきた。そのせいか、里穂は子供の泣き声に反応してしまう癖がある。

（でも、子供なんているわけないし……）

そうは思うものの、気になった里穂は、声のした方に向かった。巾着袋が風に飛ばされたときに行き着いた、敷地の奥へと近づいていく。

――ズサッ！

すると、白壁に瓦屋根の土蔵が見えてきたところで、そんな物音がした。

「うわぁぁん！」

今度は、子供の泣き声が、はっきりと聞こえる。

土蔵の前で、絣《かすり》の着物を着た小さな少年が、べちゃっと頭を地面につけて倒れていた。どうやら、転んでしまったようだ。

「大変……！」

どうしてこんなところに子供が？　という疑問はひとまず保留にし、里穂はその子のもとに慌てて駆け寄った。

「大丈夫？　立てそう？」

声をかけても、その子は泣きながらジタバタするばかり。

里穂はその子の両脇を持ち、起こしてあげた。転んだ際に膝《ひざ》を地面で擦りむいたらしく、血が滲《にじ》んでおり、見るからに痛々しい。

（お屋敷に戻って手当てをしてあげないと）

そう思いながら少年の顔を覗き込んだ里穂は、次の瞬間、凍りついたように固まった。

あるはずの顔がなかったからだ。

目も鼻も、口もない。あるのは、つやつやでもちもちな肌だけである。

（え？　あやかしの子？）

困惑したのも束の間、のっぺらぼうの子がまた激しく泣き出した。

「うわぁぁぁっ！　いたいっ、いたいよう……っ！」

目らしき場所から涙が流れ、口らしき場所から声が聞こえる。

里穂はハッと我に返ると、慌てて彼を抱き上げ、母屋に向かった。

とりあえず、痛がって泣いているこの子を放ってはおけない。

「手当てしてあげるから大丈夫。痛いの、すぐになくなるからね」

使用人の老女に頼んで、部屋に救急箱を持ってきてもらう。

「ちょっと痛いけど、我慢してね」

擦り切れた膝小僧《ひざこぞう》に、脱脂綿に含んだ消毒液をそっと当てると、のっぺらぼうの子は「ぴえぇぇぇ！」と金切り声で泣きわめいた。

包帯を巻き、ぎゅっと抱きしめて、ツルツルの頭を撫《な》でてやる。

「えぐっ、えぐっ」

のっぺらぼうの子は徐々に落ち着いてきて、里穂の腕の中でしゃくり上げるだけになった。抱きしめられているのが心地よいのか、次第に甘えるように里穂の胸に顔をすり寄せてくる。

「あんなところで、何をしていたの？」

しゃくり声がやんだ頃、里穂はそう問いかけてみた。

顔を上げたのっぺらぼうの子が、里穂の笑顔にほだされるように、表情を緩めた。

顔がなくとも、頬の緩みや首の傾《かし》げ具合で、案外分かるものである。

「ぬいぐるみ、さがしてたの」

「ぬいぐるみ？」

「けうけげんの」

「毛羽毛現？　落としちゃったの？」

「うん……」

のっぺらぼうの子が、シュンとうなだれた。体の大きさからして、人間でいうところの二歳くらいだろう。あやかしの成長スピードはよく知らないが、言葉もまだ不十分なようだ。

（きっと、間違えて人間界に来ちゃったのね）

稀にそういうことがあると、以前雪成が言っていた。

あやかしの子供が遊んでいる最中に、あの社殿のような、人間界への通用口に誤って入ってしまう例があるらしい。逆も然《しか》りで、人間もあやかし界に迷い込むことがあるとか。

人間界への通用口は、あの社殿だけではなく、他にも何ヶ所かあると聞いた。もしかしたら、あやかしと関わりの深いこの百々塚家の別邸にもあるのかもしれない。

「心配しないで。私も一緒に捜すから」

「ほんと？　けげんちゃん、見つかる？」

「大丈夫、きっと見つかるわ。だからもう泣かないで」

「うん！」

皮膚の動きから、のっぺらぼうの子が満面の笑みを浮かべたのが分かった。

安心したのか、のっぺらぼうの子は、そのままスースーと寝息をたてて眠ってしまった。

（ふふ、かわいい）

豚吉、猫又の子、三つ目の子。いつも一緒にいたあやかしの子供達は元気にしてるかしらと、ふと寂しくなる。

「里穂様、入ってもよろしいでしょうか？」

すると、襖《ふすま》の向こうから涼介の声がした。

「あ、はい」

のっぺらぼうの子が起きないように、里穂は小声で答えた。

スラリと戸が開いて、涼介が中に入ってくる。

「救急箱を所望されたとのことですが、お怪我でもなさったのでしょうか？」

涼介は、里穂の腕の中にいるのっぺらぼうの子供に気づくと、わずかに目を瞠《みは》った。

こんなところにあやかしがいるので、驚いたのだろう。

「この子、さっきお庭にいたんです。きっと、間違えて人間の世界に迷い込んだんだと思います」

里穂の前に座った涼介が、のっぺらぼうの子供をまじまじと見つめた。膝《ひざ》に巻かれた包帯にも気づいたようだ。

「なるほど。怪我をしたのは里穂様ではなく、この子でしたか」

「そうなんです。転んで大泣きしてて」

のっぺらぼうの子が、「むにゃむにゃ」と里穂の体に擦り寄った。

あまりのかわいさに里穂は頬ずりしたくなったが、涼介がいるのでぐっとこらえる。

だが口元は、知らず知らずのうちににやけてしまっていた。

小さな膝に巻いた包帯にそっと手を当て、のっぺらぼうの子の苦痛が少しでも和らぐように、おまいじないをかけてやる。

「お狐さま　お狐さま　いたいの食べて　遠くのお山に　持ってって」

歌うように言うと、向かいにいる涼介が怪訝な顔をした。

「――変わったおまじないですね。『いたいのいたいの飛んでいけ』なら知っていますが」

「育った養護施設で教わったんです。それからは、こう言うのが癖になっちゃって、なかなか抜けないんですよ」

もっとも、花菱家にいた頃はおまじないを唱える相手もいなかったので、声にしたことはなかったように思う。あやかし界に行ってからは、世話をしているあやかしの子供達に何度かかけてやった。あの子達は、しょっちゅう頭をぶつけたり転んだりしていたから。

奇妙な沈黙が、部屋に満ちる。

やがて涼介が、彼にしては珍しく深刻な表情で口を開いた。

「――あなたは、異形の者が怖くはないのですか？」

「いぎょうのもの？　この子のことですか？」

里穂は、キョトンとして涼介を見る。こんなかわいらしい子供相手にはふさわしくない、仰々《ぎょうぎょう》しい言葉だと思った。

「怖いだなんて、思いません」

そう言って涼介に笑いかける。

怖いどころか、むしろかわいくて仕方ないくらいだ。

「――そうですか」

涼介が、里穂から視線を逸らしながら答えた。

おまじないの効果か、のっぺらぼうの子は、里穂の膝《ひざ》の上で「すぴー」と深い眠りに入っている。

「完全に寝たようだ。布団を敷きましょう」

「すみません、ありがとうございます」

のっぺらぼうの子を、涼介が敷いてくれた布団の上に寝かせた。

目も鼻も口もない子供の顔を、涼介は物憂《ものう》げに見つめている。

「会えたのがあなたで、この子は幸せでしたね。世の中には、自分とは異なる者に冷たい人間もいますから」

涼介の言いたいことは、里穂にもよく分かった。

下僕、害虫、どこの馬の骨とも分からない娘。

里穂自身、そう罵《ののし》られ、花菱家で虐げられ続けてきたからだ。

「そうですね。かつて私がいた家も、そうでした」

あの頃の悲痛な思いが、再び胸に蘇《よみがえ》る。

「百々塚さんはご存じかもしれませんけど、私は花菱家で育ちましたが、もとは養護施設にいました。山中に捨て置かれた子だったらしく、本物の両親の顔すら知りません。花菱家の人は、とある目的のために私を引き取りましたが、素性の知れない私のことを、本当は疎《うと》ましく思っていたのでしょう。いろいろと、辛辣《しんらつ》な目にあいました」

虐げられた日々のことは、これからも一生忘れはしないだろう。

そして、そんなみじめな自分に手を差し伸べてくれた、大きくて強いあの人のことも。

「……」

今日の涼介は、いつになく無口だった。

物語る里穂をじっと見つめたあと、無言のまますっくと立ち上がる。

どうやらもう、この部屋から立ち去るつもりらしい。

背中を向けた彼に、里穂は慌てて声をかけた。

「あの、百々塚さん。この子、どうしましょう？　あやかしの世界に連れて帰ってあげることはできますか？」

「ああ、そうでしたね」

我に返ったように振り返り、微笑を浮かべた涼介は、いつもの彼に戻ったようだ。

「目が覚めたら、人間界とあやかし界の橋渡しをしてくれている者に預けましょう」

里穂はホッと胸を撫《な》で下ろした。この子の母親も、きっと心配しているだろう。

「ありがとうございます、助かります。それからこの子、どこかで落とし物をしたみたいなんです。捜すことはできますか？」

「落とし物ですか？」

いぶかしげに、涼介が眉をひそめた。

「はい。毛羽毛現のぬいぐるみだと言っていました」

「分かりました、捜してみましょう。橋渡しの者にも言付けておきます」

「ありがとうございます」

※

里穂に与えている部屋を出て、長い廊下を歩みながら、涼介は気持ちの昂《たかぶ》りを感じていた。

――お狐さま　お狐さま　いたいの食べて　遠くのお山に　持ってって

その独特な言い回しの歌に、たしかに聞き覚えがあったからだ。

遠い昔、まだ自分がなすべきことすら分からなかった時代のことである。

「あのときの子だったのか……」

ああ、そうだ。たしかにあのとき、その名前を耳にした。

長い年月を経るに従い、その名は朧《おぼろ》げになっても、あの幼い歌声はどういうわけかいつも耳の奥にあった。

名家に生まれながらも、涼介の過去は、決して華々しくはない。だがあの出来事だけは、淀んだ少年期の記憶の中で、さんざめく光を放っている。

自分が異能者であると分かった頃から、彼の生活は一変した。

母親が、露骨に彼を避けるようになったのだ。

彼女が百々塚家に輿入れしたのは、政略によるものだった。

そしてこの家の人間になって初めて、百々塚家が、あやかしの下僕同然の立場であることを知った。

格式高き旧華族の出である母は、我儘《わがまま》で、気位の高い人だったと聞く。

だから日本一の大財閥が、あやかしにかしずくばかりだったという百々塚家の実態を知って、心底軽蔑したらしい。父とも意見が食い違い、ふたりの仲はこじれていった。

だが由緒ある家同士の政略結婚のこと、離縁するのは容易ではなかった。

父と不仲のまま、母は百々塚家で、意に沿わない息苦しい日々を過ごす。

やがて日々の鬱憤《うっぷん》は、異能を操る不気味な息子へと矛先を変えた。

『気味が悪い。本当にお前は私の子なの？』

『醜《みにく》い異形の者よ、お前もあやかしに乗っ取られてしまったのだろう。さっさとあっちの世界に行っておしまい』

花枝のいる別邸にいた時分も、些細《ささい》な理由で、幾度となく何時間も暗い土蔵に閉じ込められた。あの土蔵を目にするたびにうすら寒い思いをするようになったのは、そういった経験からである。

腹を痛めて産んだ息子にそんな辛辣《しんらつ》な態度をとるなど、もともと、人として何かが欠落した女だったのだろう。

母親に愛されない日々は、幼い涼介の心に大きな傷を作った。

恵まれた容姿と頭脳を持ち、家柄も申し分なくとも、彼は決して幸福ではなかった。人とは異なる自身に劣等感を抱き、思い満たされぬまま年を重ねる。

涼介が十一歳のとき、母は念願叶って父と離婚した。

だが、最後まで涼介に愛を伝えることはなかった。

屋敷の前で、母を乗せた車が道の向こうに遠ざかっていくのを、小学生だった涼介は空虚な気持ちで見送った。

そのうち、焦りに似た強い悲しみが、体の奥から湧き上がってくる。

無性に母を追いかけたい衝動に駆られ、気づけば全速力で走り出していた。

どうすれば愛してくれたのか。

自分が異能者でなければよかったのか。

追いすがって泣きじゃくりながらも問い詰めたかった。

清々《すがすが》しい朝の景色の中を、母を求め、一心不乱に走る。

途中で豪快に転んで、膝《ひざ》を擦りむいたが、血を滴らせながら休むことなく走り続けた。

小学生の足では、車には到底追いつけないと思い知ったのは、大分走ってからである。

気力を失った涼介は、見たことのない住宅街の一角に、崩れるように座り込んだ。

体力の限界など、とっくに超えていた。

数名の大人に引率された小さな子供達が、そんな涼介を、不思議そうに眺めながら通り過ぎていく。きっと、保育園のような施設が近くにあるのだろう。

子供達の無邪気な視線が、胸に刺さる。

この世で、自分が一番みじめな存在に思えた。

今すぐに霧になって、消えてしまいたかった。

だが、そのとき。
『……けが、してるの？』
子供の集団の最後列を歩いていた女の子が、タタタ、と涼介のもとに駆け寄ってくる。
五歳くらいの、澄んだ黒い瞳が印象的な子だった。
『……おにいさん、だいじょうぶ？』
舌ったらずな口調で問われても、傷心の涼介は、答える気にはならなかった。
すると、女の子が涼介の前にちょこんとしゃがみ、予想外の行動に出る。
傷ついた涼介の膝小僧《ひざ》に向かって、あどけない声で歌い出したのだ。
『おきつねさま　おきつねさま　いたいの食べて　とおくのお山に　もってって』
聞いたことのない、風変わりな歌だった。
涼介は眉根を寄せ、じっと女の子を見つめる。
そんな涼介に、女の子がぎこちなく微笑みかけた。
子供にしては大人じみた、控えめな笑い方だった。
こんなにも幼いのに、その目には、見ず知らずの涼介への気遣いが溢《あふ》れていて。

次第に、ズタボロだった涼介の心が、感じたことのない温もりに満たされていく。

『りほちゃん、何してるの？　しせつに着いちゃうよ！』

彼女を呼んでいるらしき声がした。

女の子はそちらを振り返ると、最後に涼介を一瞥《いちべつ》して、タタタ……と元いた場所に戻っていった。

涼介はしばらくそのまま、子供の集団が消えていった道の角を、じっと見つめていた。

そしてその女の子との些細《ささい》な触れ合いは、子供の頃の涼介の、特別な思い出となったのである。

過去に思いを馳せつつ廊下を歩んでいた涼介は、母屋の最奥にある納戸の前で足を止めた。

三畳程度のその空間には、掛け軸や刀、茶器や壺といった、骨董品類がしまわれている。

涼介は扉を閉めると、最奥にあった縦長の木箱を取り出した。

この中でも、もっとも古い品物である。花枝があやかし界から百々塚家に輿入れした際の持参品で、門外不出の扱いだと、かつて父が言っていた。

花枝はもともと、あやかし界の、ある高貴な人物の侍女だった。それもあって、百々塚家とあやかしの繋《つな》がりが深まったのである。気の遠くなるほど長い時を人間界で孤独に生き、抜け殻となってしまった今の花枝は、もはやそんなことは覚えていないだろうが。

経年劣化で黒ずんだ木箱を開けると、分厚い巻物が姿を現す。

紐をほどいて広げると、真っ白な尻尾を持つ妖狐が、平安装束をまとった女性の手を引いている大和絵《やまとえ》が目に飛び込んできた。

――『彩妃異録集《さいひいろくしゅう》』

この巻物のことを、父はそう呼んでいた。

初代あやかしの帝と、その后《きさき》となった彩妃の伝承を描いた絵巻である。

涼介は、子供の頃にこの絵巻の存在を知って以来魅了され、繰り返し納戸に足を運んで読みふけってきた。不思議なほど劣化していない色鮮やかな絵とともに書かれた文字を解読するには、かなりの時間を要した。

初代あやかしの帝と、最愛の后《きさき》との恋物語は、なかなかに壮大で興味深いものだった。

里穂が惚気《のろけ》の才を発動したという話を、人間界とあやかし界の橋渡しをしている老河童から聞いたとき、涼介はすぐにこの物語を思い出した。

そして、煮えたぎるような興奮を覚えた。

――里穂はおそらく、初代帝の愛した彩妃の生まれ変わり。

惚気《のろけ》の才を持っているのが、何よりの証拠だ。

彼女に愛される者こそが、初代あやかしの帝に続く栄華を手にする。

第四章　悠久の恋

その昔、あやかしの世界は混沌《こんとん》として、秩序がなかった。取りまとめる者がいなかったのだ。やがて力のある者が我こそはと強さを見せつけ、この世界を掌握しようとする。

のちに初代あやかしの帝となった妖狐は、白い髪と獣耳を持つ、心優しきあやかしの男だった。

強大な力を有していたが、権力には興味がなく、力を隠して村の者と仲睦まじく暮らしていた。

彼の楽しみは、白い狐に化けて、人間界に遊びに行くことだった。

人間界の空は、時間帯によって、コロコロと様相を変える。朝は白藍《しらあい》に、昼は水色に、夜は漆黒に。あやかし界の常に一定の空とは違って、それは絶景だった。

そして黄金色の月が漆黒の空に皓々《こうこう》と輝く十六夜《いざよい》の日に、妖狐は人間の少女と出会った。

少女は白い狐をかわいがり、貧しいながらも、時折握り飯を作っては分け与えた。

少女はみなしごで、小さな狐を、家族のように大事にした。心優しき少女に、すぐに妖狐は恋心を抱くようになる。

彼が自分はあやかしであると告白し、獣耳を持つ人型の本来の姿を晒しても、少女は臆せず仲良くしてくれた。

やがて少女は、見目麗《みめうるわ》しい女へと成長する。

白磁の肌に、薄桃の唇、そして長くて艶《つや》やかな黒髪。

だがその美しさが評判となり、ある悪名高き大名の側女《そばめ》になるよう強要される。

だから妖狐は少女をあやかし界に連れていった。そして、自らの嫁にした。

お互い密かに思い合っていた者同士、決断は早かった。

異種族間の婚姻という、前代未聞の状況ながら、妖狐と女は幸せだった。

そんなあるとき、腹黒い悪鬼が、女の美しさに目をつける。

力も権力もある悪鬼は、あやかし界では知られた存在で、最初の帝になるだろうと噂されていた。

その悪鬼が女を我が物とするために、妖狐からさらった。

怒《いか》り狂った妖狐は、悪鬼のもとに向かい、初めて自分の強大な力を見せつけた。それに恐れをなした悪鬼以外の鬼も、妖狐を討伐しようと加担するようになる。妖狐ごときがあやかしの頂点に君臨するなど、彼らの矜持《きょうじ》が許さなかったのだ。

結果妖狐は、四面楚歌の状況で、瀕死に追い込まれる。

そのとき光が弾《はじ》け、白群青色《びゃくぐんじょういろ》の空が金色に染まった。寒暖のない世界が温もりに包まれ、温かな淡雪が空を舞う。

気づくと、妖狐を追い詰めた鬼達は、あとかたもなく消えていた。

彼を愛する者の特別な力――惚気《のろけ》の才が発動したのだ。

それを機に、心優しき妖狐は、あやかし界の最初の帝となった。

あやかし界最高の栄華を極めた時代の幕開けである。

だが、彼の治める平穏な時世は長くは続かなかった。

人間である妻が五十年と少しの生を終えたとき、彼も長い命の終焉《しゅうえん》を決意したからである。

彼は自らの命と引き換えに、愛する妻の再生を願った。

あやかしの御代は移りゆく。

力の強い者が次々権力を掌握していった。

酒呑童子、それから今の帝の朱道に至るまで。

酒呑童子は、祈祷師の占いによって、初代帝の願った彩妃の生まれ変わりが、この先花菱家の娘の中に現れることを知った。それも、彩妃が嫁入りした年から百年の区切りのどこかで、花盛りを迎える生娘。

だから人間側の申し入れを受け入れるとともに、花菱家と花嫁契約を結んだのだ。

すべては、惚気《のろけ》の才を持つ妻《めと》を娶り、あやかし界における自らの権力を不動のものとするために。

だが期せずして、惚気《のろけ》の才を持つ花嫁の訪れを待たずに、赤い髪と瞳を持つ若き鬼に政権交代を余儀なくされる。

それでもしたたかな彼は、運命の花嫁をあきらめなかった。異能を持つ涼介と接触を試みたのは、花嫁の訪れの前に、封印された呪枝山から抜け出そうと考えたからだろう。

だが、あえなく失敗に終わる。

そして里穂が花嫁としてあやかし界に来たとき、酒呑童子は、彼女が運命の花嫁であることを感知した。だから里穂の弱い心の隙《すき》をついて、彼女を力ずくでも自身の花嫁に据えようとしたのだ。

涼介も最初はそうだった。

百々塚家の栄華のために、力ずくでも彼女を手に入れたかった。

惚気《のろけ》の才の影響もあったのか、まやかしの愛でもいいから彼女を欲しいと思う気持ちが、ひたすら彼を支配していたのである。

だが今、里穂があのときの少女だったと知って、心が激しく揺れ動いていた。

まやかしの愛などいらない。

あの清らかな優しさそのものを、我がものにしたい。

——今は、心の底から彼女が欲しい。

※

自室の脇息《きょうそく》に肘《ひじ》を預け、朱道は苛立ちのこもったため息を吐いた。

里穂があやかし界を出て何日も経つのに、見守り役として放った陰摩羅鬼《おんもらき》からの報告がまったくない。

見守り役を放ったところで音沙汰なしでは、何の意味もないではないか。サボっているのか、途中で何か問題が起こったのか。

「使えないやつめ。帰ってきたら焼き鳥にでもしてやろうか」

鴉天狗に頼めばよかったかと後悔する。だが彼には失踪事件の捜査を任せているので、やはりそれは無理だ。

雪成に行かせようかとも迷ったが、お調子者でいまいち頼りない部分があるので躊躇《ちゅうちょ》した。

亜香里のもとに行くと言っていたから、大丈夫だと信じたい。あの人間の娘が、里穂を絶対に裏切らないのは分かっている。

――『私にこんな苦しい思いをさせてまであやかし界に留めようとするあなたのことも、好ましいとは思えなくなりました』

あのときの里穂の言葉が、再び朱道の胸を深くえぐる。

とはいえ、どんなに拒絶されようと、彼女を自らの目が届かないところに野放しにする選択肢はなかった。

叶うなら、自身で追いかけたかった。己の立場を思い出し、すんでのところで思いとどまったが。

里穂の身に何かあったらと思うと、気が気ではない。

朱道は着物の懐《ふところ》に、そっと手を差し入れる。取り出したのは、十六夜《いざよい》祭りの翌日に里穂から手渡された小さな袋だった。

〝恋づつ袋〟――生成《きな》り色の紐で結わえられた赤い小さなその袋には、そういう名があるらしい。意中の者に贈るのだと言って、はにかんだ顔が忘れられない。

あの白魚《しらうお》のように細い手が、己のために一生懸命これを縫ってくれたと思うと、胸が熱くなる。

――会いたい。

彼女の細くて柔らかな体と、野花のような優しい香りが恋しい。

恋しくて恋しくて、頭がおかしくなってしまいそうだ。

「主上、いらっしゃいますか？」

襖《ふすま》の向こうから声がして、朱道は慌てて〝恋づつ袋〟を懐《ふところ》にしまい直した。

「ああ、入れ」

「失礼いたします」

現れたのは、鴉天狗である。

「新たな失踪事件か？」

「いいえ、違います。それに関しては、この頃すっかりなりを潜めています」

朱道の前に片膝《かたひざ》をつき、頭を垂れながら、粛々《しゅくしゅく》と答える鴉天狗。

「それならいい」

そうは答えたものの、奇妙なモヤモヤが、朱道の胸にくすぶっていた。頻繁に起こっていた失踪事件が突然やんだということは、それなりの理由があるに違いない。

だがどんなに頭を巡らせても、答えにはたどり着かなかった。

「今日は別の報告がございまして参りました。この度捜査の一環として、失踪者の家族すべてに接触を試みたのですが、分かったことがございます」

それから鴉天狗は、朱道の耳にくちばしを寄せ、あることを告げる。

「――そうか。分かった」

妙な違和感を抱く報告だった。

本当であれば、この事件、違った側面を見せるかもしれない。

「それから、こちらをお渡ししておきます」

続けて鴉天狗が袂《たもと》から取り出したのは、毛羽毛現のぬいぐるみだった。モフモフとして、見るからに手触りがよさそうだ。

「のっぺらぼうの子供がいなくなったとき、現場に落ちていたものです。おそらく、直前まで持っていたのではないかと」

朱道は毛羽毛現のぬいぐるみを手に取ると、四方から眺める。

里穂がかわいがっている愛玩妖怪にそっくりだった。細部まで見事に作られていて、今にも動き出しそうだ。

報告を終えると、鴉天狗は部屋をあとにした。

朱道は受け取った毛羽毛現のぬいぐるみを、脇息《きょうそく》の下に置いたまま、今しがたの報告について考える。

気になることは多々ある。

その中でも一番肝心なのは、さらわれた子供達が、今どこにいるかという点だ。

人間の仕業だと分かってから、狛犬どもに人間界を捜索させているが、見つかる気配がない。狛犬はとりわけ嗅覚が鋭いのに、いつまでたってもあやかしの匂いを嗅ぎ取れないのは、どうもおかしい。

（さらわれた子供達のいる場所には、結界が張られているのかもしれない）

人間の中にも、ごくまれに、里穂のような異能を持つ者がいる。

相手は異能者である可能性が高い。

「失礼します」

そこに、相変わらずの飄々《ひょうひょう》とした雰囲気で、雪成が現れた。

思案中の朱道を見て、雪成が慮《おもんぱか》るような目をする。

「また、しかめっ面をされていますね。里穂さんがいなくなってから、ずっとそうだ。主上はつくづく分かりやすい御方です」

「何の用だ」

「昼餉の支度ができたとお伝えしに来ただけですよ。おや？」

雪成が、脇息の下に目を留める。

「毛羽毛現のぬいぐるみじゃないですか！　かわいい～」

雪成はにへらと笑うと、毛羽毛現のぬいぐるみを手に取った。

「うわっ。ふっかふかでモジャそっくり！　もしかして未練がましく里穂さんに贈り物ですか？　フラれてもなお、元カノが好きだったグッズを買い集めるなんて、主上ってけっこうねちっこいタイプだったんですね～」

「鴉天狗に渡されたんだ。さらわれた子供が直前まで持っていたものらしい」

とはいえ、実際に毛羽毛現グッズを今でも買い集めているので、大きな声では否定できない。すると雪成が、ひらめいたように言う。

「さらわれた子供の持ち物？　でしたら、付喪神《つくもがみ》を呼び出してみたらどうですか？　その子がこのぬいぐるみをかわいがっていたなら、きっと宿っているでしょう」

（そうか、その手があったか）

雪成の提案に、朱道は目を見開いた。

すぐさま毛羽毛現のぬいぐるみを雪成からひったくり、付喪神との接触を試みる。

大事にされた品物には、精霊が宿る。それが付喪神だ。

姿のない付喪神に言葉はないが、意思はある。朱道は念じることで、付喪神と意思疎通ができた。

頭の中に、茫洋《ぼうよう》とした景色が広がる。

次第にその映像が波打って、田舎のあぜ道が姿を現した。

『シクシク、シクシク……』

付喪神の記憶の映像の中で、のっぺらぼうの子が泣いている。

悲しいことでもあったのだろうか。年端もいかない子供が、人気のない田舎で、ひとりぼっち。毛羽毛現のぬいぐるみは、彼の膝《ひざ》の上で、涙のしずくが落ちるのをじっと見ていた。

サッと、映像が陰《かげ》る。何者かがのっぺらぼうの子供に話しかけている。

黒髪の、若い男だった。涼しげな目元に、薄く弧を描く唇。

あやかしではなく、人間のようである。

そこで映像が暗転し、今度は地面が映った。毛羽毛現のぬいぐるみが、のっぺらぼうの子の膝《ひざ》から落下したようだ。

そこで映像は、プツリと途切れた。

目の前で雪成が坐《ざ》す現実が舞い戻る。

（あの男、どこかで見たような気がする）

そう感じるものの、どこでなのか思い出せない。

「何か見えましたか？」

雪成の声がした。

「人間の男がいた。おそらく奴が、子供をさらったのだろう」

「見えたんですか⁉　それは大進展ではないですか！」

雪成は声を張り上げると、大急ぎで懐から紙と筆を取り出し、朱道の手に押しつけた。

「さあ、人相を描いてください！　そしてそこら中にばらまいて、その男をとっ捕まえましょう‼」

朱道は、記憶の中の男の顔をもう一度思い浮かべる。

それから、紙にぎこちなく筆を滑らせた。

「こいつだ」

仕上がった絵を見て、雪成が唖然とする。

「え？　これ、なんですか？　人間ですか？　それとも河童？」

「……人間だ」

「目と鼻と口らしきものはかろうじて分かりますが。ほんっと、それだけですね。ていうか、画力ヤバくないですか。泣く子も黙るあやかしの帝がこんな二歳児みたいな絵を描くなんて知られたら、御殿街道で暴動が起こるかもしれません……！」

あわわわ、と見てはいけないものを見てしまったかのようにすくみ上がっている雪成。

「うるさい。くだらないことを言ってないで、人相書《にんそうがき》のうまいあやかしを連れてこい」

「言われなくとも！　そのようにいたします！」

小一時間ほどで、雪成は、筆爺《ふでじい》と呼ばれるあやかしを連れてきた。わら笠を深くかぶり、大小さまざまな筆を大量に背負っている彼は、たしか御殿街道で人相書をしている者だ。

朱道が口頭で男の顔立ちを伝えると、筆爺はすぐさまサラサラと紙に筆を走らせた。さすが生業《なりわい》にしているだけあって、感心するほど巧い。

「こちらでよろしいでしょうか？」

「ああ、よく似ている」

雪成が横から、「どれどれ？」と描かれたばかりの人相書を覗き込んでくる。

とたんに、みるみる顔を青くする雪成。

「どうした？　知ってる男なのか？」

雪成はごくりと唾《つば》を呑んだあとで、絞り出すように言った。

「……この人、百々塚家の御曹司ですよ！」

「百々塚家の？」

自ずと低い声が出る。

百々塚家の現当主には幾度か会ったことがあるが、息子の顔までは覚えていなかった。彼がまだ幼い頃、父親の脇にいる姿を見たような気もするが。

（こいつが犯人なのか？）

あやかしに永遠の忠誠を誓っている百々塚の人間が、あやかしを襲うとは考えにくい。

だが、のっぺらぼうの子を連れ去った様子をこの目で見たのだから、間違いないだろう。

それにしても、雪成はなぜここまで怯えているのか。

何かあるなと、朱道はすぐに察した。

「俺でさえうろ覚えの百々塚の息子の顔を、なぜお前が知っている？」

「そ、それは……！」

雪成が分かりやすく全身を震わせ、口を閉ざした。朱道が目力を込めてきつく睨み据えると、観念したようにポツポツと語り出す。

「その、実は……。主上が南方に行かれたとき、百々塚家に里穂さんの送迎を頼んだことがありまして……。そのときに来たのが、この男だったんです」

「――なんだと？」

朱道の声が凄みを増す。

そんな大事なことをどうして今更言うのかと、雪成に対し怒《いか》りが込み上げた。

だが今は、それについて追及している場合ではない。

あやかしの子供をさらった異能の人間が、里穂と顔見知りだった。

こんな偶然はあり得ない。

百々塚の息子との出会いは、おそらく意図されたものだ。里穂に警戒心を抱かせないために。

そして行方知れずの、里穂を見守っているはずの陰摩羅鬼。

サボっているわけではない、きっと、何か太刀打ちできない問題が生じたのだ。

つまり、あやかしと対等の力を持つ何者かが、陰摩羅鬼と里穂の接触を邪魔しているということになる。

もはや、嫌な予感しかしなかった。

里穂はおそらく、亜香里のところには行っていない。

朱道は弾かれたように立ち上がると、雪成と筆爺をその場に残し、廊下に飛び出した。

(愚かだった。すべては仕組まれたことだったのか)

「主上！　どこに行かれるのですか⁉」

青い顔をした雪成が、後ろから追いかけてくる。

「人間界に決まっているだろう。里穂の身が危険だ。お前はここに残って何かあったら俺を呼べ」

朱道は早口でまくし立てる。頭の中は、もはや里穂のこと一色だった。

どうして手放してしまったのかと、後悔ばかりが込み上げる。

拒絶されようが、嫌がられようが、心のままにお前が必要だと追いすがればよかった。

惚気《のろけ》の才の治療法なら、また死に物狂いで探してやる。

そうだ、最初からそうすればよかったのだ。

女を愛した経験などなかったから、拒絶の言葉にあれほど打ちのめされるとは思わなかった。里穂の言葉は、朱道にとって、宝にも凶器にもなり得るらしい。

緊迫した顔で、「御意」とかしこまる雪成をその場に残し、朱道は人間界に通じる社殿へと急いだ。

まず向かったのは、山の麓《ふもと》にある別荘である。代々あやかしの帝に引き継がれ、表向きは百々塚家の所有となっているそこは、普段から使用人が大勢いた。

「ひぃっ！」

角を隠しもせず、玄関口に現れた朱道を、使用人が怯え声で出迎えた。

「百々塚の息子はどこだ？」

「りょ、涼介様ですか？　少し前に、留学先のイギリスに戻られましたが……」

次々と現れた他の使用人達も、涼介はイギリスにいると、口々に言う。

朱道は小さく舌打ちをした。

涼介とやらの狡猾さに、使用人達も騙《だま》されているらしい。

ここでどんなに使用人を問い詰めたところで、彼の行方は分からないだろうと踏んだ。

いったん諦め、次に花菱家に向かう。

従順な百々塚家の当主があやかしを裏切るとは考えにくいから、おそらくすべては涼介の単独行動だろう。

だとしたら、花菱家と手を組んでいる可能性も考えられる。

朱道が脅して以降、花菱家はすっかり大人しくなったが、里穂のことを好ましく思っていないのは変わらない。機会があれば、復讐したいと考えるだろう。

「あ、あやかしの帝様……？　しょ、少々お待ちください……！」

こちらでも、怯えたように使用人に出迎えられた。使用人と入れ替わるようにして姿を現したのは、臙脂色《えんじいろ》の着物を身にまとった主《あるじ》の妻だった。

ちなみに主《あるじ》は、いまだ監獄で獄卒にしごかれている。

「……どうなさったのでしょうか」

主《あるじ》の妻が、か細い声を出す。

この女とはそれほど面識がないが、以前はもっと派手な印象だったように思う。それが今はすっかりやつれ、存在そのものが薄らいでいた。

「俺の嫁を知らないか？」

すると、主《あるじ》の妻は目に見えて怯えた顔をした。

朱道としては焦りを抑えつつ、いたって冷静に聞いたつもりだが、胸の内の燃えるような怒《いか》りは隠しきれていなかったらしい。

主《あるじ》の妻が、震えながらかぶりを振る。

「存じ上げません。あれからあの子とはいっさい関わりを持っておりませんので」

〝あれから〟とは、主《あるじ》があやかしと人間の掟《おきて》に触れ、牛鬼にあやかし界の監獄へと引きずり込まれたときのことを言っているのだろう。

鋭い目で主《あるじ》の妻を観察するが、小動物のように怯えきっていて、嘘をついているようには見えなかった。

ちらり、と背後に目を向ける。

柱の陰に隠れ、こちらの様子をうかがっているのは、里穂の義妹である麗奈だった。

傲慢《ごうまん》で勝気な少女だったが、以前の制裁が効いているのか、震えながら傍観しているのみである。

朱道と目が合ったとたん、麗奈は分かりやすくビクッと肩を揺らした。

そして母親と同じく、ブルブルとしきりに首を横に振って、己の無実を訴える。

(――これほど怯えている者達に、このような大それたことはできまい)

多くの罪人を裁いてきた朱道は、彼女達の無関与を確信した。

ここにもう用はない。そう判断して、無言のまま踵《きびす》を返す。

人間界で財を蓄えている百々塚家は、無数の別邸を所有している。

こうなったら、その屋敷を、ひとつ残らず当たるしかない。

涼介が、所有物以外の建物に、里穂やあやかしの子供達を監禁している可能性も捨てきれない。だが単純に考えて、結界を張るなら、己の意のままに扱える建物の方が都合がいいだろう。

(奴の目的はなんだ)

疑問は、そこである。

重要なのは、涼介がおそらく異能者だという点だ。

人間に異能の者はまず生まれないが、百々塚はもともとあやかしの血を引く家系。

長い年月を経て、あやかしの血が覚醒したとも考えられる。

だとすると、その可能性が高い。あやかし界においても人間界においても、力を持った下の者が野望を抱き、謀反を試みた例は数多《あまた》存在するからだ。

（――下剋上か）

（もしも奴が里穂に危害を加えていたら、跡形もなく消してやる）

朱道はぎりっと牙を食いしばると、瞳を赤々と燃やし、前方を睨み据えた。

監獄送りなど生ぬるい。八つ裂きにして、二目と見られない姿にしてやる。

怒《いか》りに我を忘れた今の朱道は、己の心の弱さに構っている余裕などなかった。

先の戦で多くの者の命を奪い、後悔から悪夢にうなされた日々のことも、里穂が寄り添ってくれたおかげで悪夢から抜け出せたことも、完全に頭の中から消えていた。

とにかく、小賢しい真似をして、愛しい嫁を奪った男が憎くて仕方がない。

朱道が花菱家の門前で怒《いか》りに震えていたそのとき、目の前に何者かが立ちはだかる。

小豆小僧《あずきこぞう》に似た、薄茶色の髪をした少年だった。

麗奈の弟の煌である。

「どけ、小童《こわっぱ》。俺は今、無性に虫の居所が悪い」

苛立ちを隠しもせずに赤毛を逆立てると、煌は怯んだ顔をしつつもその場に踏みとどまった。そして、額に汗を滲《にじ》ませながら声を発する。

「里穂の行方なら、知ってる」

「――なんだと？」

「俺の目の前で、百々塚の息子がさらっていったんだ」

全身の血が沸き立ち、心臓が暴れ回る。

朱道は怒《いか》りで我を忘れそうになるのを必死にこらえ、煌の胸倉をつかんで乱暴に引き寄せた。

「どこに連れていかれた？　場所も分かっているのか？」

朱道に胸倉をつかまれたまま、煌がこくこくと頷く。

「分かる。すぐに車で後を追ったから」

煌のその言葉を聞くなり、朱道は己の手から煌を解放した。

体のバランスを崩した煌が、ふらつきながらケホケホと咳き込む。それから朱道を見やり、憎々しげに聞いてきた。

「……あいつ、人間なのか？」

「どういう意味だ？　何か見たのか？」

「目が合っただけで、体が動かなくなったんだ。あいつもお前と同じ化け物なのかよ？」

そのときのことを思い出したのか、煌が顔を青くする。

（視線だけで相手を操れるのか。高位あやかしに勝る、かなりの異能者のようだな）

「一応は人間だ。特殊ではあるがな」

朱道は冷たく言い放つと、しばらく考え、「お前がいつも身につけているものは何かあるか？」と煌に問いかけた。

煌が、いぶかしげに眉をひそめる。

「は？　こんなときに何言ってんだよ、おっさん。トチ狂ったか？」

「つべこべ言わずに教えろ」

威圧感に満ちた朱の瞳に真っ向から射貫《いぬ》かれ、煌がビクッと肩を揺らした。それからおずおずと袖をまくり、手首につけた細い紐状のブレスレットを見せる。

「これなら、ガキの頃からずっと身につけてるけど……」

「貸せ」

朱道は煌の手首ごとブレスレットを握ると、付喪神を呼び起こした。

煌が里穂を乗せた車を追ったときの付喪神の記憶が、朱道の頭の中に流れ込んでくる。

ところどころ途切れてはいるが、比較的鮮明だ。

(問題ない。これであれば追えそうだ)

朱道は確信すると、ブレスレットをつけた煌の手首を、ますます強く握り込んだ。

「このまま移動するから黙って目を閉じていろ。途中で開けると目玉が破裂するぞ」

「おい、何やって――」

「……!」

そう言うなりすぐさま瞼《まぶた》を下ろし、付喪神の記憶に念を込めた。

このやり方での移動は体力の消耗が激しいので、よほどのことがない限り使わないようにしている。だが里穂の安否が定かでない今は、一刻の猶予も許されない。

朱道と煌を取り巻く空間が歪み、切れ切れになって、ふたりを時空の渦《うず》に巻き込んでいく。

一瞬のうちに、建物ひとつない、ひどく殺風景な場所にたどり着いた。

「目を開けろ。ここで合っているか？」

煌の手首から手を離すと、肩で息をしながら問いかける。

思った以上に、体力の消耗が激しい。

視界が霞《かす》むうえに、息継ぎすらままならない。

「はっ⁉　なんでこの屋敷に来てるんだ⁉」

突然変わった景色を見渡して、煌が驚愕している。

「こわっ。おっさん、どんな力使ったんだよ」

「――お前には、屋敷が見えるのか？」

問うと、煌が怪訝そうに朱道を見た。

「当たり前だろ？　からかってるのか？」

（なるほど。あやかしには感知できない結界が張られているのか。狛犬どもが見つけられなかったわけだ）

やはり、涼介の異能は相当なもののようだ。

人間だからといって、油断は許されない。

「――下がってろ」

朱道は低い声を出すと、煌を片手で制す。

朱道の鬼気迫る様子に気圧《けお》されたのか、煌は素直に身を引いた。

目を閉じ、集中して、屋敷を取り囲む結界を探る。

深く深く、意識の心髄《しんずい》まで達したとき、暗い空間に幾重にも巡らされた透明の格子を見つけた。

(——これか)

掌《てのひら》に青白い炎を出現させる。

ゴウッと燃え盛るそれを、探り当てた結界に向かって投げ放った。

透明な格子に炎が燃え移り、ジュッ！　と音を立てて焼け落ちる。

目の前に、先ほどまではなかった屋敷が姿を現した。

直後、「グルルルル！」という雄たけびに似た鳴き声が、耳をつんざく。

屋敷の門前に渦巻《うずまき》が起こり、巨大な黒狼に似た魔物が次々と湧いて出てきた。

金色の瞳は爛々《らんらん》と輝き、無数の牙が伸びた口からは、大量の涎《よだれ》がしたたっている。

「こいつら、どっから出てきたんだ……」

煌の怯える声がする。

（結界を張ったうえに魔物まで用意しているとは、抜かりがない）

「ウォンッ！」

数匹の黒狼がいっせいに高く飛び上がり、朱道に襲いかかった。

朱道は素早く念を込め、周囲に烈火の円陣を巡らす。

「キャインッ！」

燃え盛る火炎を体に浴びた狼達は、仔犬のような悲鳴を上げると、次々と地面に倒れていく。そのまま、音もなく消滅してしまった。

「消えた……」

唖然とする煌の声を聞きながら、朱道は改めて屋敷に目を向けた。漆喰《しっくい》の長い塀が連なる、純和風の屋敷である。

この中に里穂がいると思うと、気が急いて仕方ない。

瞬時に息を整え、朱道は足を踏み出した。

空間を移動しただけでなく、結界を解き、一度に大量の魔物を退治したせいで、予想以上に体に負担がかかっている。

「なんだ、あのでかい鳥！　さっきはいなかったのに」

後ろからついてきている煌が、気味悪げにわめいた。

彼の言うように、門前に、薄茶色の怪鳥がぐったりと横たわっている。ぐるぐると目を回しており、完全に気を失っていた。

朱道が里穂の見守り役として放った陰摩羅鬼だ。

(先ほどの魔物にやられたか)

朱道は陰摩羅鬼に近づくと、しゃがみ込み、その頬を叩いた。

なかなか起きないので、足を持って逆さにし、揺さぶってみる。

するとようやく、陰摩羅鬼がパチッと目を開けた。

朱道を見るなり、大きな目玉にぶわっと涙を浮かべる。

「キョエ〜！　キョエエ〜！（朱道様〜！　聞いてくださいよ〜！）」

バサッと羽ばたいて地面に着地すると、陰摩羅鬼は瞳をうるうるさせながら朱道を見上げた。

「キョエッキョ！　キョエ〜キョエ〜キョッ！　キョキョキョキョキョキョエ〜！　キョエキョエェェェェッ‼（あいつなんなんですか！　人間だとなめてかかったら、めちゃくちゃ凶暴な犬の集団召喚されたんですけど！　あっという間にボコボコにされたんですけど！　そしてごめんなさい！　里穂様が、里穂様が、さらわれてしまいましたぁぁ！）」

里穂を守れなかった陰摩羅鬼の責任は重いが、異能の者が関わってくるとは予想外だった。それにどうやら、足を負傷しているようだ。先に帰した方がいいだろう。

「先にあやかし界に戻って、鳥煮込みと焼き鳥、どちらにされたいか考えとけ。里穂に何かあったら、即座にお前を料理して食う」

「キョ⁉　キョェエェ～！（そんな⁉　お許しを～！）」

陰摩羅鬼は甲高い声で鳴くと、羽音を響かせ、あたふたと飛び上がった。そしてバサッバサッと社殿のある山の方に遠ざかっていく。

朱道は陰摩羅鬼を見送ると、瞳を鋭く光らせ、屋敷の門を睨んだ。それから「お前も帰れ」と背後にいる煌に告げる。

「は？　いや、俺も行く」

納得がいかないという顔で近づいてきた煌を、朱道はひと睨みして牽制した。

「来なくていい。お前が来たところで、何の役に立つ？　里穂を動揺させるだけだ」

ピシャリと言い放つと、煌は口を閉ざした。

痛いほど、身に覚えがあるのだろう。

過去に彼が里穂をどう扱ってきたかは、調べがついている。里穂の養母や義妹と同じく、彼女をないがしろにして蔑《さげす》んだ。

あの腐った家に生まれ、誤った考えを植えつけられたことこそ悲劇だが、同情心など一厘《いちりん》も抱けない。

「過去の己の過《あやま》ちを悔いているのか？　だが、もう遅い」

顔色をなくしている彼に、朱道は容赦なく言葉の刃を突き立てる。

「過《あやま》ちを受け入れ、己を卑下しながら生き続けろ。それがお前にできる精いっぱいの贖《あがな》いだ。そしてもう二度と里穂には近づくな」

「……」

口元を震わせたまま、煌はついに何も言わなくなった。

そんな彼を置き去りにして、朱道は門に手をかける。

錠前がしてあるなら焼き切るつもりだったが、意外にもすんなり開いた。

縦長の日本家屋が中心にそびえる、広大な敷地に足を踏み入れる。

ひどく静かな場所だった。人が住んでいるような気配はまるでない。

カコンという鹿威《ししおど》しの音が、時折聞こえてくるだけである。

ふいに柔らかな風が吹きつけ、朱道の赤い髪を揺らした。

風に乗って流れてきた花のような香りに、心が掻《か》き乱される。

（里穂の香りだ）

――会いたい。

ため込んできた想いが、今にもはちきれそうだった。

焦る気持ちをどうにか抑え込んでいると、背後に人影がさす。

「何か御用でしょうか？」

振り返ると、黒髪の男が立っていた。

鬼と出くわした人間とは思えないほど、落ち着き払った顔をしている。まるで、朱道がここを訪れることなど、想定済みだったかのように。

百々塚涼介で間違いないだろう。

「里穂を返せ。あやかしの子供達もだ」

ゾっとするほど冷えた声が出た。

すると涼介は、小首を傾《かし》げ、悪びれた風もなく言う。

「返せません。殊《こと》に、里穂様は」

怒りが沸き立ち、朱道の目に力がこもった。

「お前の狙いはなんだ？　下剋上か」

「なるほど、聡いですね。さすが帝の地位に上りつめた御方」

「すべてお前の仕業だったのだな。あやかしの子供達をさらったのも、里穂が御殿を飛び出したのも」

「たしかにあやかしの子供達をさらい、人間の印象を悪くはしましたが、御殿を飛び出したのはあくまでも里穂様の意思です」

「お前がそう仕向けたのだろう」

「さあ、どうでしょう。そうとも言いきれないのではないでしょうか」

肩をすくめる涼介。

それから彼は、微笑を浮かべたまま目だけを不気味に光らせた。

「彼女は特別な人間です。あなたでは力不足だ」

敵意丸出しのセリフに、朱道が眉を吊り上げたときのこと。

瞬時に突風が生まれ、朱道を襲う。

朱道は即座に気を張り、熱で突風をはじき返した。

パンッという破裂音とともに、突風があたりに散っていく。庭の木々が風に煽られ、ザザッと嵐のような葉音を立てた。

涼介が風を放ったのだと気づくのに、時間はかからなかった。

間髪容《かんはつい》れずに、涼介は新たな突風を起こす。

かまいたちに似た鋭い風が、朱道を切り裂こうと迫ってきた。

朱道は念を込め、とっさに自らの周囲に結界を築き上げる。

――ガリガリガリ！

鋭い風が結界を切り刻む、鋸《のこぎり》のような音がする。風は朱道の体に到達する前に、木っ端みじんになって消滅した。

防衛に成功した朱道は、肩で息をしながら、改めて涼介に視線を向けた。

強力な術を放った直後とは思えない、落ち着いた顔をしている。

(人間でありながらこれほどの異能を扱えるとは)

結界を張り魔物を召喚した時点で能力の高さは予感していたが、物理的な攻撃力もかなり高い。

上位あやかしの妖力に匹敵するといっても過言ではないだろう。

「なるほど。これほどの才に恵まれているなら、己の力を試してみたくなる気持ちもよく分かる。だが、それまでのことだ」

朱道はこれまで、酒呑童子をはじめとした、戦闘能力の高いあやかし達と数多《あまた》戦ってきた。だから、涼介の力量が手に取るように分かるのだ。

(人間にしては強い。だが、妖力の高いあやかし相手では力不足だ)

「それについては、充分に心得ています。ですが、あなたもかなりお疲れのようだ。悠長なことをおっしゃっている場合ではないと思いますが」

表情ひとつ変えずに、涼介が言った。

彼の言うとおり、ここに至るまでに大量の妖力を消費した朱道は、すでにかなり疲弊していた。本調子のときの半分も力が出ていない。

戦闘の前に朱道の体力を奪うのも、涼介の計画だったのだろう。彼の策略にまんまとかかった己を心から恥じる。

その後も涼介は、続けざまに、刃のような風を起こした。

——ザンッ！　ザンッ！　ザンッ！

空気を切り裂く鋭利な音を奏でながら、風の刃が次から次へと朱道に襲いかかってくる。

朱道は結界を張ったり、身を翻《ひるがえ》したりして、繰り出される攻撃のすべてを避けた。

己が攻撃を繰り出せば、彼を仕留めるのは可能だろう。

だが、あやかしは人間への悪行――例えば危害を加えたりすることを禁じられている。

もちろん、逆も然《しか》りで、人間があやかしに危害を加えることも禁じられている。朱道と涼介は同じ決まりに縛られているが、帝である自分がここで人間を手にかけるのは、結果的に己自身を追い込むことになる。

「ハア、ハア……」

そのうち、涼介の息が切れ切れになる。あれほどの異能を連続で放ったのだから、体力を消耗するのは必然だ。

あやかしと違って、人間の体は特異な力を扱うようにはできていない。あやかしに比べ、体力の消耗が著《いちじる》しいのだ。ゆえに、異能を持った人間は、過酷な運命を強いられる。

里穂もまた然《しか》りだった。

惚気《のろけ》の才という強大な力を秘めているがために、その影響に悩まされている。

やがて涼介は攻撃をやめ、青白い顔でしきりに荒い呼吸を始めた。

体力が、ついに限界を超えたのだろう。

とはいえ、動けないというほどではないにしろ、朱道も限界が近い。

空間を移動した際に体力を消耗したのが一番大きいようだ。

「――もう終わりか？」

問うと、涼介は苦しげに肩を上下させながらも、涼やかな笑みを浮かべる。

「そう言うあなたも……ずいぶんお疲れのようですが……。もっとも、僕があなたと同じことをしたなら、とっくに力尽きていたでしょうけど……」

「あやかしと人間とでは体力が違う、諦めるんだな。里穂はどこだ？」

朱道は涼介をその場に放ったまま、敷地の奥へと進もうとした。

「……ええ、そうですね。そして、寿命も違う」

意味深なセリフが引っかかり、朱道は足を止め、後ろを振り返る。

「何が言いたい？」

「あなたは、本当に里穂様と夫婦になるおつもりなのですか？」

「当然だろう」

迷いのない瞳で、朱道は言い切った。

涼介が、フッと小馬鹿にするような笑みを浮かべる。

「浅はかだな、無知とはめでたいものだ。あなたは里穂様の苦悩を、何も分かっていない」

「里穂の苦悩だと？」

「彼女は苦悩していました。寿命差ゆえ、いつかはあなたを置いて死なねばならないことを。そもそも人間とあやかしは、本来、相まみえることのない異種族。夫婦になど、なってはならないのです。人間は人間の、あやかしはあやかしの伴侶を選ぶべきだ」

（里穂が、そんなことを――）

じりじりと、胸に動揺が走った。

彼女の苦悩を、なぜ見抜けなかったのか。

朱道が己を責めたそのとき。

――ズンッ！

突如、体に大岩が落ちてきたかのような強力な負荷がかかった。

手も足も、微動《びどう》だにできない。怯んだすきに、術をかけられたようだ。

（しまった……！）

「ほら、これですよ。あなたが里穂様にふさわしくない理由は」

「――っ」

反論したくとも、声すら出せない。そういえば、涼介に術をかけられ体が動かなくなったと煌が言っていたのを思い出す。

普段なら何とかなったものの、度重なる妖力の消費で疲弊した体では、どうにもならなかった。

「あなたには拭えない心の弱さがある。酒呑童子にもそこを狙われて欺《あざむ》かれたとか。あなたの心の弱さは、いつかあなたを食い殺すでしょう」

体力の限界を超えた者がかけたとは思えない、強力な術だった。朱道を油断させるために、疲弊したフリをしていたのかもしれない。朱道は、己の愚かさを思い知らされる。

囚われの身となった鬼に、涼介が蔑《さげす》みの目を向けた。

「あなたのような異形の愚か者に、里穂様はもったいない」

※

「キャキャキャ！」

里穂の向かいで、のっぺらぼうの子が楽しそうに遊んでいる。

花枝に巾着袋を作った布が余っていたので、小豆《あずき》を入れてお手玉を作ってやったのだ。まだ幼い彼のことだから、ふたつを交互に飛ばすのは難しいようだが、ひとつをボールのようにして遊んでいる。

「百々塚さん、どこかに行かれたのかしら」

のっぺらぼうの子が起きてすぐに彼の部屋を訪ねたが、いないようだった。

里穂の知らないうちに、屋敷を離れたのかもしれない。

きっと親が心配してるから、なるべく早く、この子をあやかし界に連れ帰ってもらいたかったのに。

のっぺらぼうの子の遊び相手をしながら、ふと目をやった縁側の向こうに、宙を舞う桜の花びらを見つける。また、花枝が悪戯《いたずら》をしているのだろう。

花枝には、もう何日も会っていない。

惚気《のろけ》の才の悪影響でしばらく寝込み、回復してすぐ花枝に会いに行ったが、その途中でのっぺらぼうの子を見つけて、結局会わず仕舞いだ。

(そうだわ、この子も一緒に連れていけばいいのよ)

考えてみれば、この子がいるからといって、部屋にこもる必要はない。

花枝の気分転換にもなるだろう。

「ちょっとお出かけしようか?」

「どこいくの?」

「花枝さんのところよ」

「はなえさん?」

「ええ。とっても綺麗な方なの」

里穂はのっぺらぼうの子と手を繋《つな》ぎ、屋敷の裏口から出て、花枝のいる離れに向かった。

だが。

「キャキャ！」

途中でのっぺらぼうの子が里穂の手を振りほどき、花枝の離れとは別方向に走っていってしまう。

「待って、そっちじゃないわ！」

慌てて追いかけたものの、意外に足が速く、追いつかない。

白壁の土蔵を過ぎ、たどり着いたのは、以前行き着いたあの立派な家だった。

「きゃーい！　きゃーい！」

のっぺらぼうの子は、まるで勝手知ったる家のように、門を開けて中に入っていく。

（勝手に入って大丈夫かしら？）

そう思いつつも、里穂はのっぺらぼうの子のあとを追った。

格式高き百々塚家のことだ、何か高級な品物が保管されていて、壊しでもしたら大変だ。

戸惑いながらも門をくぐり、玄関に足を踏み入れた。のっぺらぼうの子はすでに三和土《たたき》を越え、廊下の突き当たりにある襖《ふすま》を開けている。

「ああっ、そんなところに入ってはだめよ！」

のっぺらぼうの子を引きとめようと、里穂は転びそうになりながら廊下を走った。

そして、襖《ふすま》の向こうを見て絶句する。

そこに、予想外の光景が広がっていたからだ。

河童、小豆小僧、ろくろ首、天狗……。あらゆるあやかしの子供達が、きゃっきゃと楽しそうに走り回っている。

積み木や鉄道模型のおもちゃまであり、まるで保育所のようだ。

「はーい、みんな、ご飯ができましたよ～。食堂に移動してくださ い～」

里穂がポカンとしているうちに、五十代くらいのかっぽう着姿の女性が、障子戸から現れた。

「わーい、ご飯だ～！」

「食べよう、食べよう！」

とたんに、わっと障子戸の向こうに駆けていくあやかしの子供達。

（どういうこと……？）

襖《ふすま》の前で立ち尽くしたまま里穂が困惑していると、女性が「あら」と声を上げた。

「里穂様ですね。涼介様よりお話はうかがっております」

にこにこと屈託のない笑みを浮かべている彼女は、見るからにお母さんといった雰囲気で、優しそうだった。

口ぶりからして、彼女もこの屋敷の使用人なのだろう。

涼介は、使用人は花枝の面倒を見ている老女ひとりだと言っていたはずなのに……。

すると女性が、キャッキャと積み木遊びを始めたのっぺらぼうの子を見て顔を輝かせる。

「まあ、帰ってきたのね！　涼介様から怪我をしたと聞いて心配していたのよ」

里穂はますます困惑した。

彼女は、のっぺらぼうの子を知っているようだ。それも、怪我をする前は、ここにいたかのような言い回しで……。

（のっぺらぼうの子は、あやかし界から迷い込んできたわけではないの？）

だとしたら涼介は、なぜ本当のことを言わなかったのだろう？

そもそも、この離れには、なぜこんなにもたくさんあやかしの子供達がいるのか？

「あの、ここにいるのは、どういった子供達なのですか？」

「私も詳しくは知らないのですけど、事情があって、涼介様があやかし界から連れてこられたと聞いています」

女性は朗らかに答えると、「さあ、一緒にご飯を食べましょう」とのっぺらぼうの子を抱っこする。そしてそのまま、障子戸の向こうに消えていった。

放心状態の里穂だけが、その場に取り残される。

「あやかしの世界から連れてきた……？」

一抹の不安が、胸に込み上げた。

あやかし界での、子供達の連続失踪事件を思い出したのだ。

こんなにも大勢のあやかしの子供が人間界に集《つど》っているなど、どう考えても不自然である。

（まさか、あの失踪事件の犯人は、百々塚さん……？）

だとしたら、犯人は人間だという噂も頷ける。

（だけど、どうしてそんなことを……）

どんなに疑わしくとも、あんなにも優しくて気が利く人が、犯人だとは信じ難い。

（きっと何かの間違いよ）

だがどんなに考えても、彼がこの場所にあやかしの子供を集める理由が分からない。

そのとき。

――ザンッ！

敷地のどこかから、激しい音がした。

振動で、建物全体がガタガタと揺れる。

「キャーッ」

「なんだ、どうなってるんだっ！」

「うわ～んっ！　こわいよ～！」

食堂から、子供達の悲鳴が聞こえた。

その後も立て続けに、ザンッ！　という鋭利な音が響く。

(何が起こってるの？　花枝さんは無事かしら？)

その音がどこから響いているのか定かでなく、里穂は真っ先に花枝の身を案じた。

急いで外に出て、音の正体を探る。

その間も、ザン！　ザン！　という音はやむことなく続いていた。

どうやら正面玄関の方から聞こえるようだ。

花枝の離れの方で異変が起こっているのではないと知り、ひとまず安心する。

だが不気味な音はなかなか鳴りやまず、胸騒ぎを覚えた里穂は、音のする方に行ってみることにした。

敷地内を突っ切り、屋敷の表側に回る。

間もなくして、門前で対峙しているふたつの人影が見えた。

その瞬間、里穂の細胞のすべてがぶわっと奮い立つ。

(朱道様？　どうしてこんなところに……)

動揺はしたものの、会いたくて仕方がなかった彼の姿に、心が震える。

だがすぐに、彼の様子に違和感を覚え、歩調が緩んだ。

朱道は苦しげな顔で、微動だにせず立ち尽くしていた。

額にびっしり汗を掻《か》き、何かに耐えるように、唇を引き結んでいる。

まるで見えない何らかの力に、行動を制限されているかのようだ。

朱道が窮地に立たされているようにしか見えない状況に、理解が追いつかない。

たとえようのない不安に胸がざわざわとし、背中に冷や汗が浮かんだ。

(朱道様に、何があったの……？)

答えを求めるように、里穂は涼介に視線を移した。向かいに立つ涼介は、見下すような眼差《まなざ》しを、朱道に注いでいる。

（百々塚さん……？）

いつもの爽やかで親切な彼とは、似ても似つかない。まるで別の者が乗り移ったかのように、したたかで、侮《あなど》れない空気を醸し出している。

「何をしているのですか……？」

恐る恐る声をかけると、涼介がこちらを見て、うっそりと微笑んだ。

「おや、里穂さん。気づいてしまいましたか。あれほど物音を立てたのだから、当然と言えば当然ですが」

動揺ひとつ感じられない、落ち着いた声だった。

それがまたひどく不気味で、里穂は涼介に対する警戒心を強める。

「――朱道様に、何をしたのですか？」

「体の動きを封じたのです。力では叶わないから、心の隙《すき》をついて」

飄々《ひょうひょう》と答える涼介を見ながら、里穂は今の状況を呑み込もうと考えを巡らせた。

涼介は自分が異能者だと、以前里穂に語った。大したものではないと謙遜《けんそん》していたが、状況を見る限り、実際は相当な力のようだ。

あやかし界最強と謳《うた》われる朱道を、こうして劣勢に追い込んでいるのだから。

「朱道様を、解放してください……！」

里穂は、声を張り上げた。涼介の本性が露見した今、例の失踪事件の犯人が、彼だという確信が一気に増す。

「そういうわけにはいきません。あなたは惚気《のろけ》の才を持って生まれた特別な存在だ。強さなど見かけだけで、心に隙《すき》のある鬼になど、あなたはもったいない」

必死の里穂を尻目に、涼介が、中空に手をかざす。彼の掌《てのひら》に、ゴウッと渦《うず》状の風が湧き起こった。

涼介が生んだ風は、彼の手の中で、みるみる威力を増していく。

それはやがて刃のように鋭くなり、ジャキンジャキンと不穏な音を奏で始めた。

いまだ涼介の呪縛に囚われたままの朱道は、歯を食いしばりながら、睨むように涼介を見据えている。

あまりにも恐ろしい光景を前に、里穂の体が総毛立った。

あんなものをまともに食らったら、たとえ朱道であろうと、無傷ではいられないだろう。

鋭い烈風の渦巻《うずま》く掌《てのひら》を高く掲げ、涼介が朱道に攻撃を仕掛けようとする。

「やめて……！」

気づけば里穂は、自分のものとは思えない金切り声で叫んでいた。

「お願いだから……っ！」

我を忘れた里穂の声に、涼介が手の動きを止める。

それから手の中の烈風はそのままに、ゆっくりとこちらに顔を向けた。

「それでは、誓ってくださいますか？　僕の妻になると」

予想外の涼介の言葉に、里穂は目を瞠《みは》る。

彼の意図するところがまったく理解できず、背筋が粟立った。

「何を言っているのですか……？」

「彼はあなたに未練を抱いていて、こんなところまで追いかけてきたのです。ですが、人間は人間と、あやかしはあやかしと夫婦になるべきだ。あなたもそう考えたから、彼のもとから逃げてきたのでしょう？」

すべてを知っているような、揺らぎのない眼差《まなざ》し。

「僕ならあなたの望むことはなんでもしてあげますし、生涯愛し抜くと誓いましょう。それに死ぬときも一緒です。あなたを絶対にひとりにはしない」

返答など、できるはずもなかった。

喉が塞《ふさ》がれたようになって、唇が微かに震える。

涼介がなぜ、そこまで里穂を求めるのかが分からない。

そもそも、彼が夫になるなど考えたことはなかったし、考えたくもない。

答えなど、とっくに決まっている。

里穂が何も答えずにいると、涼介はまるで煽るように、掌《てのひら》に渦巻《うずま》く烈風をより強大化させた。

「あなたが僕の妻になるとおっしゃるなら、攻撃をやめましょう。そうでないなら、このまま続けます」

「やめてください……！」

さらに巨大化していく烈風を見て、里穂は恐怖に身を震わせた。

「やめてほしいなら、誓ってください。彼のもとには戻らず、僕の妻として、一生添い遂げると」

朱道を救いたいという感情と、意に沿わぬ言葉を放つことに対する拒否感。
ふたつの相容れない思いに翻弄されて、里穂の心は今にも潰れそうだった。
混乱した頭でどうにか考え、答えらしきものに行き着く。
（彼の言うとおりにして、朱道様が助かるなら――）
今のこの状況では、選択肢はそれ以外なかった。
だが、そのとき。
「……駄目だ」
風の音に入り混じり、朱道の声がした。
必死の形相でこちらを見ている彼と目が合う。
そんなことは死んでも許さないと、赤い瞳が訴えかけていた。
先ほどよりもずっと顔色が悪く、汗の量もすごい。動けない呪縛をかけられながら、
里穂のために、死に物狂いで言葉を紡いだのだろう。
「朱道様……」
久々に彼の声を耳にしたとたん、心の奥の何かが脆《もろ》くも崩れていった。
胸の中に、燃えるような彼への激情が込み上げる。知らず知らず、目に涙が浮かん

でいた。
里穂は、朱道に向けて優しく微笑みかけた。
ああ、幸せだと思う。
彼のような誉れ高き鬼に、こんなにもまっすぐ愛を向けられて。
彼の愛を自ら拒んでおきながら、浅ましいと思う。
それでも湧き上がる気持ちは、もう止められなかった。
「――チッ！」
忌々しげな舌打ちの音がした。
静かな怒《いか》りが、涼介の瞳の中で揺らいでいる。
――ザンッ。
次の瞬間、涼介は、手の中にある烈風の塊を何の迷いもなく朱道に投げつけた。
里穂の全身から、サアッと血の気が引いていく。
「朱道様――っ！」
朱道を守ろうと、一心不乱に駆け出したが、間に合わなかった。
刃のごとく鋭い烈風が、彼の頬を掠める。肉を切り裂く生々しい音があたりに響き、赤い鮮血が飛び散った。

「――外れたか」

チッと、涼介が再び舌打ちをした。

右頬が血まみれになっているものの、朱道の命に別状はなさそうだ。

朱道が無事だと知り、里穂はホッとしたものの、今度は涼介に対する怒《いか》りが込み上げる。

無抵抗の相手に、どうしてこんなにも残酷なことができるのだろう？

そんな人だとは思いもしなかった。自分の目は、いったいどこまで節穴《ふしあな》なのか。

里穂は朱道の前に駆け寄ると、彼を守るように両手を広げる。

そして強く涼介を睨みつけた。

そんな里穂を見て、涼介が怪訝そうに眉をひそめる。

「何度も言ってるでしょう？　彼を守りたいなら、ひとこと僕の妻になると言えばいいのです」

里穂は必死にかぶりを振った。

「それは、できません」

この状況で朱道を救うためには、彼の条件を呑むしかないのは分かっている。それでも、里穂の本能が全力でそれを拒んでいた。

朱道の嫁になれないのなら、誰のものにもならない。

今でも彼を愛しているし、この先もずっとそうだからだ。

傷だらけの里穂に、温もりと優しさを教えてくれた、この世で唯一の存在。

確固たる信念を目力に込めれば、彼の表情にみるみる怒気が滲《にじ》む。

「私は、あなたとは結婚しません」

念を押すように、里穂はもう一度言った。

「……！」

頑《かたく》なな里穂に嫌気が差したのか、その瞬間、涼介の表情が苛立ちに支配される。

「――少し、下がっててもらえますか」

バンッと突風が吹き、里穂を直撃した。

「きゃっ……！」

風に圧《お》された里穂の体は、あっという間に数メートル先に飛ばされ、地面に倒れ込む。膝《ひざ》と掌《てのひら》を擦りむいたようで、ジクジクと痛んだ。

休む間もなく、涼介が再び掌《てのひら》に突風を巻き起こす。それは先ほどよりもさらに巨大化し、凶悪な轟音を響かせた。

風に煽られ砂埃が立ち、まるで竜巻に巻き込まれたかのように、あたりの木々がギシギシと揺らぐ。やや距離を置いて倒れ込んでいる里穂ですら、目を開けていられないほどの威力だった。

涼介は迷わず手を大きく掲げ、朱道に向けて爆風の塊を放とうとした。

「やめて――っ‼」

喉が壊れるほど、里穂は泣き叫んだ。

何がなんでも愛する人を守らねばという想いだけだった。

それはやがてはち切れんばかりに膨らんで、直後、重力を忘れたかのように体がふわりと軽くなる。

彼を助けたいという願いが、言霊《ことだま》となって体を貫き、光に姿を変えていくのが分かった。

全身が、まるで陽だまりに包まれたかのように、温かな光に満ちていく。

（ああ、この感覚……）

覚えがある。

以前、酒呑童子に痛めつけられている朱道を目にしたとき、体験した感覚と一緒だ。

里穂の体から放たれた金の光が、さざ波のように、あたり一面に広がっていく。

涼介の掌《てのひら》で渦巻《うずま》いていた烈風が、光に呑み込まれ、灰となって掻《か》き消えた。

地面に、屋敷に、庭の木々、そして空。

立ち尽くしている朱道と、目を見開いている涼介。

あたりの何もかもが、濁りのない金色に染まっていく――

※

金色の光の世界で、涼介は、硬直したように動けなくなっていた。

呆然としたまま、光に包まれている里穂を見つめる。彼女の髪も、肌も、すべてが内から滲《にじ》み出る光によって金色に染まっていた。

(惚気《のろけ》の才……)

考えるまでもなかった。

ついに、彼女の異能が発動されたのだ。

この聖なる光の中では、自らのまがまがしい力は使えない。そのことを、誰に教えられるでもなく、涼介は察知した。

まるで体中の力が吸い取られていくようだった。

同時に、これまで涼介を追い立ててきた里穂への執念と朱道への嫉妬《しっと》が、跡形もなく消えていく。

異能を持って生まれたがゆえ、つらい思いをした過去も、百々塚家のひとり息子として生まれ、宿命と葛藤した過去も、すべてが霧散していった。

あとにはただ、抜け殻のような身がひとつ残されただけ。

気づけば涼介は、物心つく前の少年の心で、金色の世界に佇《たたず》んでいた。

（なんだ、この温もりは――）

今まで味わったことのない感覚に、全身を包まれている。

涼介の邪念を余すところなく覆う、絶大な包容力。

太刀打ちできない古《いにしえ》の異能によって、あっという間に立場が逆転したのは分かっているのに、得も言われぬほど心地いい。

不思議な安堵感に、心が凪いでいく。

知らず知らず、泣きたい気分になっていた。

これこそが、少年の頃に絵巻物を見てから繰り返し憧れを抱いた、惚気《のろけ》の才の力なのだ。

想像していたものとはまるで違う。

どんな妖力や異能をもしのぐ強大な力だと思っていたが、攻撃的なものではない。

心のひずみを温もりで埋めるかのような、優しい力だった。

(これが、古《いにしえ》の愛の力……)

里穂の朱道への想いが、姿を変えたのだ。

相手が自分ではこうはならない――圧倒的な力を前に、涼介は心の底からそれを理解した。

緊張の糸が切れ、地面にガクッと膝《ひざ》をつく。

疲労が全身にのしかかり、体が鉛のように重かった。

朱道を追い詰めたいがゆえに、我を忘れて異能を繰り出したが、限界などとっくに超えている。

だが今は、この疲労感すら心地いい。

（ああ、そうだった。思い出した）

金色の世界に身をゆだねるうちに、子供の頃の記憶の残像が、脳裏に蘇《よみがえ》る。

あれはちょうど、異能に目覚め、母に嫌われ落ち込んでいた頃のこと。

花枝の離れを訪れた傷心の涼介は、縁側に座り、静かに泣いていた。

その頃、この屋敷の中で、ひとりきりになれる場所はそこしかなかったのである。

花枝はいるのにいないような、植物に等しい存在だったから。

そのとき、真夏だというのに突如桜の花が満開になり、あたりに桜吹雪が吹き荒れた。

そして物言わぬ花枝の思考が、怒涛《どとう》の如く、涼介の頭の中に流れ込んできたのだ。

――そなたの能力は、彩妃様の再来をお守りするためにあるのです。

そのとき涼介は、猫に似た花枝の瞳が、自分を見つめるのをはっきりと見た。彼女が自ら動いた姿を見たのは、あとにも先にもそのときだけだった。

今の今まであのときのことを忘れていたのは、それから間もなくして、涼介に強い野心が芽生えたからだ。

自分が異能を授かったのは、百々塚家の地位を向上させるためだと、信じ込むようになった。

百々塚家があやかしの僕《しもべ》でなかったら、母は百々塚家と涼介を疎《うと》みはしなかっただろうから。

その考えを貫くためには、花枝との幻のような記憶は邪魔だったのである。

だが今、花枝の言葉こそが真実だったのだと、はっきり自覚した。

(とても清々《すがすが》しい気持ちだ)

もはや、立ち上がる気力もない。それでも、くすぶっていたものすべてが充足感に変わっている。

きっと自分は、長い間この温もりを求めていた。

どうしようもなく心惹かれる里穂を、手中に収めたかったのではない。

守りたかったのだと、ようやく気づくことができた。

――それが、百々塚の家に生まれ、異能に恵まれた、自分の運命《さだめ》。

生まれたことの意味がストンと胸に落ちてきて、泣きたいほどに嬉しい。

異能に目覚めて以来、バラバラだった心が、ようやくひとつにまとまった気がした。

穏やかな気持ちのまま、朱道に目を向ける。

濁りのない朱の瞳を持つ、烈火のごとき鬼。

おそらく彼にとっては、里穂が彩妃の生まれ変わりであろうとなかろうと、どうでもいいことなのだろう。

ただ純粋に、里穂が好きなのだ。

強さも弱さも晒して、がむしゃらに、彼女を包み込む強大な器であろうとしている。

それでいいのだと、今は心から思う。

穢《けが》れた自分ではダメだ。

淀んだ世界に人知れず咲く花のように、清らかな彼女のそばにいるのは、そういう男が望ましい。

※

「里穂」

大好きな声がする。

我に返ると、朱道が里穂の頬に触れていた。

愛してやまない朱の瞳が、目の前で優しく細められている。

「朱道様……」

長い夢から醒《さ》めたような気分で、里穂は朱道を見つめた。

自分が放った金色の光が、霞《かすみ》のように消えかけている。

まるで世界が春に舞い戻ったかのように暖かい。

あの能力を発動したのだと気づくのに、時間はかからなかった。

「また、お前に助けられたな」

久々に愛しげに見つめられ、全身が喜びに震える。まだほんのり金の光をまとう手を、頬に添えられた彼の手に重ねた。

熱くて大きな感触に、たまらない安堵感を覚える。

(そうだ、百々塚さんは……)

ハッとしてあたりに視線を巡らせると、放心したように地面に膝《ひざ》をついている涼介を見つけた。

先ほどまでの勢いが嘘のように脱力している。

彼が作り上げていた突風の塊も、あとかたもなく消えていた。

惚気《のろけ》の才にはおそらく、愛する者への攻撃をすべて無効にする力がある。酒呑童子のときもそうだった。自分にそんな力が備わっているなど、やはりにわかには信じがたいが。

里穂は、朱道の着物の袖をすがるように握り締めた。

涼介が心配だが、どう声をかけたらいいか分からなかったからだ。

彼は例の連続失踪事件の犯人であり、そのうえ朱道を襲おうとした。

敵であることは間違いない。

だがそれでも、里穂は、彼を心の底から憎めなかった。

真実を知っても、どうしても、根っからの悪人とは思えないのだ。

すると朱道が、震える里穂の肩をそっと撫《な》でた。

それから頷くと、ひとりで涼介のもとに向かう。

ザッと砂埃を起こし、朱道が涼介の前に立ちはだかった。

「里穂のいない世界で、どうして俺が孤独だと決めつける？」

静かだが、芯のこもった声だった。

「あやかしと人間は考え方が違うようだな。愛する者と死別した先に待っているのは、絶望の世界ではない。死んだ者を愛したまま生き続ける、希望の世界だ」

涼介の力のない目が、朱道をとらえる。

朱道が放った言葉は涼介に向けられたものだが、里穂の胸にも深く落ちていった。

(死んだ者を愛したまま生き続ける、希望の世界……)

喪服をまとい、縁側に座る花枝の姿が脳裏に蘇《よみがえ》る。水色の空を舞っては消えていった、季節外れの桜の花びら。

里穂が駆けつける前に、朱道と涼介の間にどのようなやり取りがあったのかは知らない。

だが朱道がくれたその言葉は、里穂の心にくすぶっていたわだかまりをも融解させた。

「――なるほど。僕が勝てる隙《すき》は、もう残されていないということですか」

長い沈黙のあと、涼介が、覇気のない声で言った。

口元には、薄い微笑が浮かんでいる。

「あやかしの子供達をさらい、帝に危害を加えた僕は、花菱稔のように監獄に送られるのでしょう？」

すべてを心得ているような口調だった。

それから涼介は、話は終わりとばかりに、いつもの落ち着いた表情に戻る。

「さあ、どうぞ。僕を処罰してください。覚悟はできています」

「百々塚さん、そんな……」

稔のときのように、涼介が牛鬼に捕らえられてズブズブと沈んでいく様《さま》を想像して、里穂はゾッとした。

たしかに、涼介は罰せられるに値する罪を犯した。

だが、たとえまやかしでも、里穂に優しくしてくれたのは事実。彼が貶《おとし》められるところなど、見たくはない。

里穂が心に深い葛藤を抱えたそのとき。

「キャキャキャ！」

無邪気な子供の笑い声と、無数の足音が、どこからともなく響いた。

のっぺらぼうの子供をはじめとしたあの家にいた子供達が、駆けてきている。

「涼介さんだ～！」

「あれ？　花火してたんじゃないの？」

「みんなで集まってなにしてるの～？　遊んでるの～？」

駆け寄ってきた子供達は、朱道と里穂には目もくれず、地面に膝《ひざ》をついている涼介に我先にと群がった。

とたんに、キャッキャとはしゃぐ子供達にもみくちゃにされる涼介。

「前みたいにお絵描きしてよ！　涼介さんめちゃくちゃ上手なんだもん！」

「ねえ、また花札しようよ！」

思いがけない涼介の人気ぶりを、里穂は唖然として見ていた。

この様子だと、里穂の知らないところで、涼介は頻繁に子供達の相手をしていたようだ。誘拐犯らしからぬ彼の行動に、戸惑わずにはいられない。

「こらこら、戻りなさい！　涼介様、申し訳ございません……！　空が金色に光ったものだから、また涼介様が花火をしてくれたのだと勘違いして、この子達が勝手に出ていっちゃったんです」

先ほど子守りをしていた女性が、あたふたしながら後ろから追いかけてきた。

「みんな、無理を言ってはいけないわ。この間も遊んでもらったばかりでしょ？　涼介様は忙しいのだから、お家でみんなで遊びましょう」

「ふあーい」

「ごめんなさ～い」

女性に軽く叱られ、もと来た方向に戻っていく子供達。

残された涼介は、気まずそうにうつむいていた。

奇妙な沈黙が、三人の間に訪れる。

口火を切ったのは朱道だった。

「先刻、さらわれた子供達の親についての報告があった。まともな親はひとりもいなかったらしい。全員、みなしごか親に哀れな目にあわされていた子供達ばかりのようだな」

その言葉に、涼介はますます下を向いた。

（もしかしたら百々塚さんは、わざとそういう子を選んでいたの？　そして心地のいい住環境を与えていた……？）

あの家で遊んでいた子供達の楽しそうな様子と、先ほどの涼介への懐き具合を見れば、明白である。親を呼ぶ者や、家に帰りたいと嘆く者はひとりもいなかった。

——『会えたのがあなたで、この子は幸せでしたね。世の中には、自分とは異なる者に冷たい人間もいますから』

いつかの涼介のセリフを思い出す。

あのとき、涼介の目の奥に陰りを見て、直感したのだ。——涼介も、里穂と同じく育った家庭にわだかまりを抱える者なのだと。それがきっと、彼を本当の悪人とは思えなかった所以《ゆえん》だ。

「表立った目的は里穂の心を惑わすためだったのかもしれないが、哀れなあの子達を救う目的もあったのだろう？　そして、わざとそういう子供を狙った。お前はきっと、生い立ちに恵まれなかった者の苦しみを理解できる男だ」

ハッとしたように、涼介が朱道に顔を向けた。

その表情には、いつもの余裕も、したたかさもなくて。

里穂は初めて、素の彼を垣間見たように感じる。

「……っ」

涼介が何かを言いかけて、すぐに口を閉ざした。体のいい反論を思いつかなかったのだろう。

それはおそらく、朱道の言ったことが、紛れもない事実だから。

朱道が、懐からモジャそっくりの毛羽毛現のぬいぐるみを取り出し、涼介に差し出す。

「のっぺらぼうの子供が大事にしていたものだ。返してやってほしい」

涼介は、黙ってそれを受け取った。

「お前を慕う子供達を、泣かせたくない。それに、お前が俺を傷つけたのは、俺の弱さのせいでもある。いつ何時も里穂を手放さないことと、くじけない心を持つことを、お前は俺の心に刻んでくれた。その代償として、今回は特別に見逃してやる」

朱道の体で隠され、里穂には涼介の表情が見えなかった。

それでも、彼が息を呑む気配は感じた。

次に涼介の姿が見えたとき、彼は再びうつむいていたから、どんな顔をしていたのかは分からない。

だがきっと、穏やかな表情をしていたのだと思う。

涼介に背を向け、朱道が里穂のもとに戻ってくる。

先ほどの彼の言葉で、胸がいっぱいだ。

今なら、心のつかえひとつなく、本音を認めることができる。

彼のそばにいたい。この先の人生を、彼とともに歩みたい。

――命が尽きるそのときまで、精いっぱい、彼のために尽くしたい。

「朱道様、嘘をついてしまって、ごめんなさい。本当は、この世の誰よりも愛しています」

何の迷いもなく、まっすぐな目で、彼にそう告げた。

朱道は目を見開いたのち、整った相貌に、喜びと安堵の色を浮かべる。

「ああ、もう嘘はやめてくれ。かなり傷ついたぞ」

「はい。もう、自分の心に嘘はつきません。ずっとおそばにいさせてください」

たとえ、桜が咲いて散るまでの、短い期間でも。それが、あなたの幸福に繋がるのなら――

「もちろんだ」

あやかし界の頂点に立ち、数多《あまた》の者から恐れられている彼が、これほど穏やかに微笑むことを、いったい幾人が知っているだろう？

知らなくていい、と里穂は思う。

彼の優しさを独り占めできる自分を、今は誇りに思う。

「そろそろ帰るか、ともにあやかし界へ」

里穂の手を取り、朱道がそう切り出したときのことだった。

目の前を、薄桃色の花びらが一枚、ふわりと横切る。

また花枝が悪戯《いたずら》をしているようだ。

里穂は、ふと思い立った。

「その前に、お別れを言いたい人がいるんです。一緒に来てくれませんか？」

いつもの離れの縁側に、花枝はいつもと同じように正座していた。

相変わらずの喪服に、陶器のごとく白い肌、猫に似た黒い大きな瞳。

その視線は間近に向けられているようにも、遠くに向けられているようにも見える。

「花枝さん。しばらく来られなくてごめんなさい」

朱道とともに縁側に近づいた里穂は、花枝にそっと声をかけた。

「この者は？　かなり高齢のあやかしだな」

「百々塚さんのご先祖様です」

「なるほど。百々塚の家にかつて嫁に行った侍女か」

どうやら花枝のことは、朱道も知っているようだ。

「今日はお別れを言いに来たんです。ここを離れて元の場所に戻ることにしたので」

いつもと同じく、花枝の反応はない。

里穂は、物言わぬ花枝に向かってにこっと微笑んだ。

「でも、また来ると思います。花枝さんにも、子供達にも会いたいし」

それから里穂は、両手で花枝の手を優しく包み込んだ。

「花枝さん、ありがとうございました。私、あなたのような女性になりたいです」

愛する人が死してもなお想い続ける、強くて美しい女性《ひと》――

「この者はもう、口をきけないのか？」

里穂の様子を見守っていた朱道が、そう聞いてくる。

「はい。何も喋《しゃべ》らないと、百々塚さんは言っていました。高齢のため、そういう能力が衰えてしまったのだと」

「そうか」

答えると、朱道が花枝の肩に手を添えた。

「朱道様？　いったい何を――」

「少しでも意思疎通ができるように、彼女に妖力を分けている。先ほどかなり消耗したが、分けられないほどではない」

里穂は、花枝の手に触れている自らの掌《てのひら》に、温もりが宿るのを感じた。

ハッとして手元を見ると、花枝の真っ白な手が、里穂の手を握り返している。

「花枝さん……？」

驚いて顔を上げると、猫に似た大きな瞳が、まっすぐに里穂を見つめていた。

黒と思っていた瞳は、よく見ると濃い紫で、吸い込まれそうなほどに魅力的だ。

そのひたむきな眼差《まなざ》しに釘付けになっていると、ポッポッと何かが弾《はじ》けるような音がした。

桜の枯れ木に、次々と花が咲いている。

花開いた桜は、あっという間に枯れ枝を覆いつくし、満開となった。

どこからか柔らかな風が吹いて、枯れ枝に咲き誇る花々を、一斉にさらっていく。

そして光り輝く薄桃色の渦《うず》となって、縁側で手を取り合っている里穂と花枝を包み込んだ。

甘い芳香を漂わせる桜の嵐が、里穂の視界を覆う。
その合間に、里穂は不思議な映像を見た。

野山に人知れず咲く、細く頼りない桜の木。
切り倒そうとした者から、身を挺《てい》してその木を守った和装の青年。
雨の日も風の日も、青年は桜の木に優しく語りかけた。
桜の木の陰に立っているのは花枝だ。
今よりもあどけなく、少女に近い見た目をしている。
ふたりはやがて恋に落ち、駆け落ちのような形で小さなあばら家に転がり込んだ。
貧しくとも、幸せな日々だった。
そしてふたりの周りには、四季を問わず、いつも色とりどりの花が咲いていた。
やがて子供が生まれ、住処も徐々に立派になっていく。
一年一年、宝のような日々が過ぎていった。
男は老いるが、花枝は若い見た目のまま。
それでもふたりは、男が天に召されるその日まで、絶えず寄り添っていた。

これはおそらく、花枝の記憶だ。

夫といるとき、どの瞬間も花枝は笑っていて、幸せそうだった。

長い時を隔《へだ》てて、その片鱗を垣間見ている里穂にすら、彼女の幸福な気持ちが伝わってくるほどに。

――愛する人との死別は、悲劇ではございません。

頭の中で、上品な女の声がした。すぐに、花枝の声だと気づく。

――『あやかしと人間は考え方が違うようだな。愛する者と死別した先に待っているのは、絶望の世界ではない。死んだ者を愛したまま生き続ける、希望の世界だ』

重なるように、朱道の言葉を思い出す。

いつしか、里穂の瞳には涙が浮かんでいた。

――私は、今も幸せですよ。

花枝の声が、もう一度里穂の頭の中で響いた。

穏やかで、満ち足りた声だった。里穂の心が、喜びに震える。

「……はい、もう知っています」

涙で頬を濡らしながら、里穂は花枝に微笑みかけた。

「花枝さん、ありがとうございます」

季節外れの満開の桜は、風に煽られ、青い空に昇っていく。

心が浄化されていくような、美しい景色だった。

里穂の笑みに応えるように、花枝が一瞬微笑んだように見えたのは、目の錯覚ではないだろう。

「心残りはもうないか？」

朱道が、里穂の頬を滑る涙を親指で拭う。

「はい、ありがとうございます」

涙ながらに答えると、朱道の眼差《まなざ》しに熱がこもった。

「里穂」

「はい」

「俺は永遠にお前を手放さない。それでもいいか？」

「はい、嬉しいです」

里穂は心のままに笑った。

こんなにも無邪気に笑えたのは、いったいいつぶりだろう。

そんな里穂の笑顔に見入ったあとで、朱道が表情に陰を落とす。

「だがあやかし界で暮らす限り、惚気《のろけ》の才を持つお前には、苦しい思いをさせてしまうだろう。それでも、俺はお前を手放したくない。いつか必ず、惚気《のろけ》の才の悪影響を鎮める方法を見つけ出すと誓おう。心苦しいが、どうかそれまで耐えてくれないか」

里穂は自分のついた嘘の弊害《へいがい》を思い知り、胸が痛くなった。「その……」と、しどろもどろに、自分の犯した罪を告白する。

「朱道様が南方から持ち帰ってくださった薬、実際はよく効いたのです。だけどあやかし界を出るとき、朱道様の心を惑わすために、とっさに嘘をついてしまいました……」

朱道が、みるみる目を見開く。

「本当か？　だが、医者はお前の顔色が悪いから、完全には効いていないのだろうと言っていたが」

「それはきっと、あの頃いろいろなことで悩んでいたから、そう見えたのだと思います」

「それならよかった」

朱道が、安心したように表情を緩めた。そのあとで、目に苛立ちを滲《にじ》ませる。

「あいつ、やぶ医者だな。首にしてやろうか」

「いいえ、悪いのは嘘をついた私です。顔色が悪かったのは事実ですから、そのようなことはなさらないでください……!」

「お前がそう言うなら仕方がない」

朱道は穏やかな声で答えると、里穂の頬に残った涙のあとに、そっと口づけた。

それからふたりは、桜の舞う景色の中を、寄り添うようにして門に向かう。

「——どうか、今生《こんじょう》も幸せに」

里穂が去ったあと、桜の花びらが舞う離れで小さく発せられた花枝の声が、誰かに届くことはなかった。


里穂はそのまま朱道に連れられ、社殿を通ってあやかし界に戻った。

暑くも寒くもない、白群青色《びゃくぐんじょういろ》の世界は久しぶりだ。

あやかし界に着いたとたん、ホッとしたのは、今ではもうこちらの世界が自分の居場所と認識しているからだろう。

朱道に手を引かれ、等間隔に石燈籠《いしどうろう》が並ぶ道を、御殿へと向かう。

だがその途中で、ふと怯んで足が止まった。

御殿で働く者達や御殿街道のあやかし達の冷たい視線を思い出したのだ。

自分のような者が、朱道のそばにいるべきではない。そんな悪意ある囁きが蘇《よみがえ》り、里穂の決意を鈍らせる。

「どうした？」

動き出そうとしない里穂を、朱道が振り返る。

「あ、いえ……」

彼にこれ以上心配をかけたくなくて、里穂は取り繕《つくろ》うように微笑んだ。

だが朱道は、すべて分かっているかのような口調で言う。

「大丈夫だ。今回の事件の真相は、先ほど陰摩羅鬼に命じて、早急にあやかし界中に伝達させた。少し前にあいつに任務を任せたが、果たせなかったことがあってな。今回きちんと伝達できたら、前回の失態はなかったことにしてやると言ったら、必死に頑張ったようだ」

そのとき。

「モフ～ッ！」

懐かしい鳴き声が、青白い霧の向こうから聞こえた。

丸くて小さなシルエットが、飛び石を渡るようにして、ぴょんぴょんとこちらに近づいてくる。

「モジャ……ッ！」

嬉しくなった里穂は、足がすくんでいたのも忘れて、モジャの方に駆けていく。

「モッフ～ンッ！」

くりくりした目から滝のような涙を流しながら、モジャが里穂の前でぴょんっと大きく跳ねた。そして会いたくて仕方がなかったと言わんばかりに、彼女の頬にモフモフの体をすり寄せる。

「モフ～！　モフッ！　モッフッフ～！」

「私も会いたかったわ。急にいなくなっちゃってごめんね」

「モフゥ～」

ひしと抱き合い、モジャとの再会を堪能していると、今度は霧の向こうからおーいおーいという呼び声が近づいてくる。続けて聞こえてきた、パタパタという、無数の小さな足音。

猫又の子、豚吉、三つ目の子だ。

「りほさま～！　会いたかったにゃ～！」

「りほさまだ～！　りほさまが帰ってきたぞ！　ブヒーッ！　ブヒッ、ブヒーッ！」

「りほさまりほさま、本物のりほさまだ！」

三人は我先にと里穂に飛びつき、思い思いに泣きじゃくる。

「モフッ！　モフッフ！」

彼らの勢いで押し出されたモジャが、怒ってそれぞれの頭にもふんっと体当たりしても、子供達はお構いなしだ。

「私もみんなに会いたかったわ」

「りほさま、もうどこにも行くなブーッ！　どっか行ったら許さないブーッ！」

「もうどこにも行かないわ、約束する」

「……里穂様」

すると、子供達の背後から、静かに語りかける声がした。

猫又の子の母親と、三つ目の子の母親が、申し訳なさそうな面持ちで立っている。

「申し訳ございませんでした。あらぬ噂を真に受けてしまって、里穂様から子供を遠ざけるような真似をして」

「里穂様が心優しい方なのは知っていたのに、私達は本当に愚かでした」

何度も何度も頭を下げられ、里穂の方が恐縮してしまう。

「そんな、顔を上げてください」

猫又の子の母親と三つ目の子の母親が、潤んだ目ですがるように里穂を見た。

「どうかお気になさらないでください。自分の子供を守りたいという気持ちは、当然のものですから」

ふたりは、とたんにボロボロと泣き崩れる。

「ううっ、里穂様……。なんと慈悲深い！」

「本当に、仏のようですわ。それに、陰摩羅鬼から聞きましたよ。あやかしの子をさらった人間も、実際は不幸な身の上の子供達を救っていたというじゃありませんか。真相を考えもせず、そのような善の心を持った人間を罵《ののし》ったことを、皆で後悔しているのです」

涙ながらに語るふたりの後ろでは、豚吉の母親が朗らかな笑顔で様子を見守っていた。

そのさらに後ろには、御殿で働く下男や下女達が集《つど》っている。

それだけではない。よく見ると、呉服屋の女主人をはじめとした、御殿街道に住まうあやかし達まで大集合していた。

皆が自分達の早とちりを反省して、次々と里穂に詫びる。

それから里穂は、謝罪するあやかしの対応に追われ、大忙しになった。

おかげでずいぶん時間が経っても、御殿にたどり着けない有様だ。

「僕は、最後まで里穂さんを疑ったりしませんでしたよ」

最後にひょっこり顔を出したのは、雪成だ。

「たとえものすごーく性悪でも、僕は里穂さんの味方です。ていうか悪女な里穂さん、悪くないですね～。想像しただけで興奮してきました」

わけの分からないことを言ってデレデレと鼻の下を伸ばしている雪成の前に、鬼気迫る顔をした朱道が立ちはだかる。

「お前は別のことで里穂を危険に晒しただろう。俺がいない間に里穂の迎えをサボった件は、まだ許していないからな。改めて処罰を考える」

「そんなっ、どうかご勘弁を〜！」

いつの間にか、三足鶏の鳴き声が、夜鳴きに変わっている。

それでも里穂を求めるあやかし達の列は、なかなか絶えなかった。

※

それから数ヶ月後。

朱道と里穂の祝言が、御殿にて大々的に執り行われた。

これまで頑《かたく》なに婚姻を拒んできた今生《こんじょう》の帝の、待ちに待った祝言である。

黄金色に輝く御殿に続く御殿街道には、出店が立ち並び、太鼓や笛を奏でて祝うあやかし達で溢《あふ》れ返った。あやかしも妖怪も、種族の区別なく、世紀の婚姻を祝って踊り明かす。

本日限定の紅白饅頭《まんじゅう》が売り出され、花嫁が愛する毛羽毛現グッズが特別価格で売り出される。此度《こたび》の婚姻にかこつけて生産された特別グッズも販売され、十六夜《いざよい》祭りを超える盛況ぶりだった。

御殿街道が喜びに沸いている頃、御殿にある本殿の奥の間で、朱道と里穂の祝言が厳《おごそ》かに執り行われた。

漆黒の紋付き袴姿の朱道の前には、三方《さんぽう》が置かれ、朱塗りの盃《さかずき》が三つ重なっている。その隣に添えられた提子《ひさげ》は、まばゆいほどの金の光沢に包まれていた。まるで、ふたりの輝かしい未来を示しているかのようだ。

並んで座っているのは、彼が愛してやまない花嫁である。

里穂は今日、この日のために朱道が用意した、婚礼用の着物を身にまとっていた。純白の絹糸で緻密に織り込まれた一級品で、彼女の白い肌にしっくりと馴染んでいる。

自ら選んだ着物を彼女が身につけるのを見ると、どうしてこうも気持ちが昂《たかぶ》るのだろうと、朱道はつくづく思う。里穂に出会う前は、このような感情とは無縁だったので、己の変化には驚かされてばかりだ。

彼女のすべてを、己の手がけたもので染めたい。

重荷になると思って、なるべく控えてはいるが。

（それにしても）

朱道は先ほどから、真っ白な綿帽子をかぶる白無垢姿の里穂から目が離せない。

普段化粧っけのない女がおしろいをはたくと、こうまで美しくなるものなのかと感心してしまう。ただでさえ白い肌は淡雪そのもので、赤い紅を引いた唇は可憐に咲きこぼれる山茶花《さざんか》といったところか。

睫毛《まつげ》を伏せる横顔、呼吸とともに微かに動く喉元、すがるようにこちらに向けられる視線、些細《ささい》な指先の動きまで――あまりの美しさに、彼女の仕草ひとつひとつから目が離せない。

そのせいか、先ほどから何度も進行役に咎められた。

だがどうしても里穂に視線がいってしまい、何度も滞りながら、どうにか祝言は無事終わりを迎えた。


その夜。

朱道は寝巻に着替え、行燈《あんどん》の光に照らされた寝所で里穂の訪れを待っていた。

指南役の老女によると、里穂は初夜に備えて丹念に湯浴みをし、準備が整ってからこちらに来るとのこと。

老女が何気なく初夜と口にしたとき、朱道はその言葉が持つ甘く淫猥な響きに悶え、赤らんだ顔でのぼせ上がってしまった。そんな朱道を老女は冷めたような目で見ていたから、決して口外しないよう、あとで念を押さねばなるまい。

里穂が来るまでの間、朱道は落ち着かず、以前彼女に貰った〝恋づつ袋〟を取り出し眺めることにした。

赤い袋を生成《きな》り色の紐で結わえたその袋を贈られて以来、常に懐《ふところ》に入れ、肌身離さず持ち歩いている。取り出してはニヤニヤしているところを雪成に茶化され、数えきれないくらい小突いてきた。それでも茶化すのをやめないのだから、あいつも学ばぬ男である。

（それにしても、何が入っているんだ）

何が入っているかは秘密だと里穂に言われてから、朱道は幾度となく中を想像してきた。それはそれで楽しいが、そろそろ中身を知りたいというのが本音である。

すると、音もなく襖《ふすま》が開いて里穂が入ってきた。

簾《すだれ》をめくり、姿を現した彼女は、婚礼の際の化粧を綺麗に落とし、すっきりとしている。

以前よりも伸びた艶《つや》やかな黒髪が、肩の下あたりで揺れていた。

「お待たせして申し訳ございません」

恥じらうように頬を桃色に染めると、里穂は朱道の前に正座をした。

そんな彼女を、朱道は間近からじっくりと眺める。

（やはり、こちらの方が美しいな）

化粧を施《ほどこ》した彼女も新鮮で美しかったが、どちらかというと素の方がいい。

自然なままの抜けるように白い肌、薄桃色のみずみずしい唇、どこまでも澄んだ黒い瞳。飾りけのない夜着が、彼女の生まれたままの美しさをより引き立てている。

とどのつまり、彼女であれば、化粧をしようが何を着ようが、朱道を虜《とりこ》にしてしまうのだろう。

「ずっと聞きたかったことがある」

朱道は、彼女と向かい合わせになるよう姿勢を変えた。

「何でしょう？」

「この袋の中には、何が入っているんだ？　どうか教えてくれないか？」

〝恋づつ袋〟を掲げてみせると、里穂はキョトンとした目をしたあとで、恥じらうようにまた頬を染めた。

いちいち愛らしい嫁である。

俺を殺す気かと、朱道は爆発しそうな己を胸の内で必死に押し殺した。

「……どうしても知りたいですか？」

「知りたい。知りたくて、眠れぬ夜もあるほどに」

「そこまで……？」

すると里穂が、観念したのか、しどろもどろに言葉を絞り出す。

「その……。口づけした和紙を、入れております」

「和紙？　誰が口づけたのだ？」

「……私でございます」

朱道は真っ赤になってうつむく里穂をじっくりと見て、また〝恋づつ袋〟に視線を戻した。それから、今さらのように己の顔を朱に染める。

「――命に代えても大事にする」

〝恋づつ袋〟をそっと掌《てのひら》で包み込み、ひとまず枕元に置いた。

これから口づけなどとは比較にならないほど大それたことをしようとしているのに、

どうしようもないほど恥じらっている自分に戸惑いながら。

里穂も同じようで、いつも以上に緊張した面持ちをしていた。

怖いのだろう。

生娘なのだから、当然のことだ。

それを痛いほど理解していたからこそ、朱道は今まで大事に里穂を扱ってきた。

彼女が怯えるなら、一生触れなくてもいいとすら思っている。

――というのは虚勢だ。

本当は、触れたくて、触れたくて、触れたくて仕方がない。

これまでも死ぬ思いで堪えてきた。

よくぞ堪えたと褒め称えてほしいほどである。

「里穂」

震える彼女の指先に、朱道はそっと手を添えた。

それから燃え盛る赤の瞳で、まっすぐに彼女を見つめる。

「今宵《こよい》、お前を抱く」

すると里穂が、思いがけず、幸せそうにふわりと笑った。

緊張している彼女がまさかそんな顔を見せるとは思わず、拍子抜けしてしまう。

「はい、抱いてください」

朱道をまっすぐに見つめて、はっきりとそう告げた里穂。

その瞬間、己の血が急速に全身を駆け巡り、体を燃え上がらせるのが分かった。

白くて冷ややかな頬に、煮えたぎるほど熱い掌《てのひら》を添える。

胸の高鳴りを感じながら、顔を近づけ、甘い果実のような唇を思う存分味わった。

そこはしっとりと濡れていて、柔らかく、そして甘かった。

「ん……ふ」

唇からこぼれる悩ましい彼女の吐息が、盛った鬼の欲情をさらに煽る。

なだらかな白い首筋を指の腹で撫《な》で下ろし、薄い夜着越しに胸の膨らみにそっと触れる。わずかにはだけた襟元から、白い肌に浮き上がる彼女の鎖骨が大きく見えて、思わず食らいつくような口づけを落とした。

恥ずかしそうに身をよじる彼女の胸元が、桜が散ったかのように、桃色に色づいていく。

「しゅどう、さま……」

「――愛している」

ふたり重なるようにして、汚れひとつない布団に沈み込んだ。
行燈《あんどん》の明かりに照らされたふたりきりの寝所に、微かに響く衣ずれの音。
互いの温もりに、優しさに、甘い夜に溶けていく――

そして里穂も、大きく逞《たくま》しい目の前の男の熱に全身を溶かされながら、心の中で固く誓った。
――この強くて優しい鬼の、永遠の伴侶となることを。

愛憎渦巻く後宮で
武闘派夫婦が手を取り合う！？

自国で虐げられ、敵国である湖《こ》紅《こう》国《こく》に嫁ぐことになった行き遅れ皇女・劉翠玉《りゅうすいぎょく》。彼女は敵国へと向かう馬車の中で、自らの運命を思いポツリと呟いていた。翠玉の夫となるのは、湖紅国皇帝の弟であり、禁軍将軍でもある男・紅《こう》冬隼《とうしゅん》。翠玉は、愛されることは望まずとも、夫婦として冬隼と信頼関係を築いていきたいと願っていた。そして迎えた対面の日……自らの役目を全うしようとした翠玉に、冬隼は冷たい一言を放ち――？
チグハグ夫婦が織りなす後宮物語、ここに開幕!

定価：726円（10%税込み）　ISBN 978-4-434-30557-3

Illustration：憂

◉定価：726円（10%税込）　◉978-4-434-30558-0　◉イラスト:細居美恵子

神を名乗る美貌の青年と一緒に
お客様の困りごとを解決します
七福堂
卯月みか
Mika Uduki

祇園《ぎおん》七福堂《しちふくどう》の見習い店主《みならいてんしゅ》

神様の御用達はじめました

京都・祇園の小さな町家。そこは神様御用達の雑貨店。

店長を務めていた雑貨屋が閉店となり、意気消沈していた真璃《まり》。ある夜、つい飲みすぎて居眠りし、電車を乗り過ごして終点の京都まで来てしまった。仕方なく、祇園《ぎおん》の祖母の家を訪ねると、そこには祖母だけでなく、七福神の恵比寿を名乗る謎の青年がいた。彼は、祖母が営む和雑貨店『七福堂《しちふくどう》』を手伝っているという。隠居を考えていた祖母に頼まれ、真璃は青年とともに店を継ぐことを決意する。けれど、いざ働きはじめてみると、『七福堂』はただの和雑貨店ではないようで——

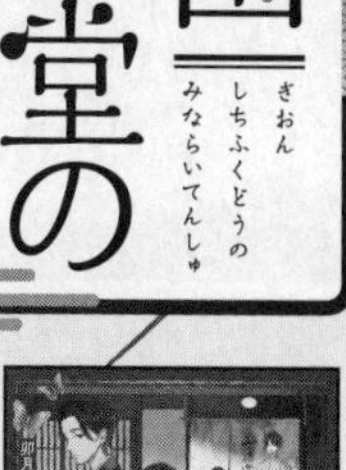

◉定価：726円（10%税込）　◉ISBN:978-4-434-30325-8　◉Illustration：睦月ムンク

お家のために結婚した不器用な二人の
あやかし政略婚姻譚

一族の立て直しのためにと、本人の意思に関係なく嫁ぐことを決められていたミカサ。16歳になった彼女は、布で顔を隠した素顔も素性も分からない不思議な青年、祓い屋〈縁〉の八代目コゲツに嫁入りする。恋愛経験皆無なミカサと、家事一切をこなしてくれる旦那様との二人暮らしが始まった。珍しくコゲツが家を空けたとある夜、ミカサは人間とは思えない不審な何者かの訪問を受ける。それは応えてはいけない相手のようで……
16歳×27歳の年の差夫婦のどたばた(?)婚姻譚、開幕！

定価：726円（10%税込み）　ISBN 978-4-434-30476-7

イラスト：くにみつ

この作品に対する皆様のご意見・ご感想をお待ちしております。
おハガキ・お手紙は以下の宛先にお送りください。

【宛先】
〒 150-6008 東京都渋谷区恵比寿 4-20-3 恵比寿ｶﾞｰﾃﾞﾝﾌﾟﾚｲｽﾀﾜｰ 8F
（株）アルファポリス　書籍感想係

メールフォームでのご意見・ご感想は右のＱＲコードから、
あるいは以下のワードで検索をかけてください。

アルファポリス　書籍の感想　検索

ご感想はこちらから

アルファポリス文庫

あやかし鬼嫁婚姻譚《おによめこんいんたん》2 ～時《とき》を超《こ》えた悠久《ゆうきゅう》の恋《こい》～

朧月《おぼろづき》あき

2022年　7月 25日初版発行

編集－塙綾子
編集長－倉持真理
発行者－梶本雄介
発行所－株式会社アルファポリス
〒150-6008 東京都渋谷区恵比寿4-20-3恵比寿ｶﾞｰﾃﾞﾝﾌﾟﾚｲｽﾀﾜｰ8F
TEL 03-6277-1601（営業） 03-6277-1602（編集）
URL https://www.alphapolis.co.jp/
発売元－株式会社星雲社（共同出版社・流通責任出版社）
〒112-0005 東京都文京区水道1-3-30
TEL 03-3868-3275
装丁イラスト－セカイメグル
装丁デザイン－西村弘美
印刷－中央精版印刷株式会社

価格はカバーに表示されてあります。
落丁乱丁の場合はアルファポリスまでご連絡ください。
送料は小社負担でお取り替えします。

ISBN978-4-434-30556-6 C0193